無器用なのは愛のせい
「ああっ、あっ、あああ、あ」

達した余韻にぶるぶる震えている顎を摑んで頭を上げさせる。

目尻に浮かんでいる涙の粒がなんともかわいらしかった。

「本当にがまんできない男だな。今夜はたっぷり時間があるのに」

無器用なのは愛のせい

遠野春日

15090

角川ルビー文庫

無器用なのは愛のせい

Contents

口絵・本文イラスト／蓮川　愛

無器用なのは愛のせい

「……ということなので、各部の意志に任せることになりました。それから……」

教室に集まった三十人ほどの前で淀《よど》みなく喋《しゃべ》っている男を見つめながら、どの角度から見ても綺麗《きれい》なやつはいるものだな、と利明《としあき》は今さらのように感嘆《かんたん》していた。

夏樹《なつき》のほっそりとした優美な立ち姿に見とれているのは、なにも利明だけではない。

普段《ふだん》は騒々《そうぞう》しい連中がたいした無駄《むだ》話もせずにおとなしく話を聞いているのは、内容に関心があるからというより、夏樹に軽蔑《けいべつ》されたくないからのような気がするのは利明の考えすぎだろうか。少なくとも夏樹が下級生たちの間で偶像視《ぐうぞうし》されていることだけは確かである。

各務《かがみ》利明が同学年の相川《あいかわ》夏樹を最初に意識したのは、それこそ入学式当日だった。

『新入生総代、一年一組、相川夏樹』

進行係に名を呼ばれ、会場内に凛《りん》とした声が『はい』と響《ひび》き渡《わた》ったときのことを、二年経《た》った今でも鮮明《せんめい》に思い出す。

利明は壇上《だんじょう》に上がっていく夏樹から目が離《はな》せなかった。

目が離せないまま、三年生になった。

「次に、夏期休暇《きゅうか》中の体育館、校庭、プールの使用についてですが……」

夏樹の落ち着き払《はら》った声が続いている。

柔《やわ》らかくて少しトーンが高めでどこか繊細《せんさい》な感じのする声は、利明の耳に心地《ここち》いい。内容よりも音に気を取られてしまい、ついぼんやりとしてしまう。

「各務会長。聞いてますか」

利明は突然《とつぜん》名前を呼ばれてハッとした。

教卓《きょうたく》の前に立っていた夏樹が、顔を横向けてこちらを睨《にら》んでいる。

生徒会主催《しゅさい》の全学年クラス委員合同ミーティングの最中《さなか》だった。

夏樹は利明と目を合わせると、やっぱり聞いていなかったのか、と言わんばかりに眉《まゆ》を顰《ひそ》める。ついでにわざとらしい溜息《ためいき》までついてくれた。

「もう一度言うんですか。それとも先に進んでいいんですか」

「先に進んでいい」

「後になって知らなかったとか言わないでくださいね」

周囲からクスクスと忍《しの》び笑《わら》いが洩《も》れる。

利明がそちらをジロッと睨むと、たちまち二年なん組かのクラス委員が蒼《あお》くなって顔を引きつらせた。ついでに彼の両隣《りょうどなり》までバツが悪そうに項垂《うなだ》れる。

この場にいる全員が、生徒会長と副会長の不仲説を信じているようで、たちまち場の空気が緊張《きんちょう》を帯びてきた。

利明に真っ向から睨まれて平然としていられる者は少ない。ましてや下級生にとっては、憧《あこが》れと畏怖《いふ》とが入り混じった、自分たちとは立つ位置の違《ちが》う男に見えるらしい。体つきは平均よりも少し大きい程度だが、醸《かも》し出す雰囲気《ふんいき》に迫力《はくりょく》があるそうなのだ。自分のことだから利明にもよくわからないが、とにかく、正面切って立ち向かってくるのは夏樹だけだった。それもあって二人の不仲説がまことしやかに囁《ささや》かれているのだ。

どちらにしても、その噂《うわさ》は間違《まちが》ってはいない。

確かに利明と夏樹の関係は最悪だった。

最悪にしてしまったのは、利明だ。

もちろん最初からそうだったわけではない。一年の時は挨拶《あいさつ》程度の会話をする仲だった。二年の時は隣のクラスになったので、たまの合同授業を通してよく話していた。おまけに後期からは揃《そろ》って生徒会役員を務めることになり、しょっちゅう一緒《いっしょ》に行動するようになってさえいたのだ。

今のような状態に陥《おちい》ったのは、今年の五月以降だった。

以来ずっと周囲がびっくりするほど刺々《とげとげ》しい態度を互《たが》いに取るので、なにかよほど修復不可能なひどい事件があったのだろう、と思われている。なにがあったのかを言い当てている噂はなかったが、大筋は皆《みな》の考えているとおりである。

議事進行、と利明が言い切ったので、会議はそのまま滞《とどこお》りなく進んだ。

あと二週間ほどで夏期休暇に入る。

利明と夏樹にとっては高校生活最後の夏休みだ。

来年は違う場所にいるんだろうと思えば、焦燥《しょうそう》を覚える。

利明はまた夏樹の横顔に視線をやった。

高すぎない鼻のラインと形のいい唇《くちびる》が、特に利明の目を惹《ひ》きつける。プライドの高そうな目もいい。そしてその取り澄《す》ましきった理知的な白皙《はくせき》が、利明だけの知っている切羽《せっぱ》詰まった表情に変わる瞬間《しゅんかん》を思い出すと、それだけで背筋がゾクゾクしてくる。自分にこんな一面があるとは知らなかった。

気づかせてくれた夏樹には感謝と恨《うら》みを感じる。

もう後には退《ひ》けないという切迫《せっぱく》した気持ちが、利明を困惑《こんわく》させていた。

ミーティングに使用した教室から出るとき、利明は夏樹を「おい」と引き留めた。

夏樹が嫌《いや》そうに振《ふ》り向く。

切れ長の涼《すず》しげな瞳《ひとみ》には明らかに狼狽《ろうばい》と嫌悪《けんお》が窺《うかが》えた。

夏樹がこんな目で利明を見れば見るほど、利明は意地の悪い気分になる。いい加減夏樹もそのことを自覚していいはずなのだが、わかっていてもできないことというのはあるようだ。

「生徒会室に来いよ、副会長どの」

「今日はこれで解散のはずだ」

「俺とおまえにだけは特別の用事が残っている」

夏樹はきゅっと唇を噛《か》みしめた。ルーズリーフを持つ細い指にも力が入っているのがわかる。集まっていた他《ほか》の連中は、触《さわ》らぬ神にたたりなし、とばかりに二人を遠巻きにして次々と部屋を出ていく。書記や会計も同様で、見て見ぬ振りだ。この場合利明には都合が良かったが、夏樹は皆の薄情《はくじょう》さに失望しているだろう。

「嫌だ、と言ったら？」

夏樹が時間稼《かせ》ぎのように抵抗《ていこう》を試みる。

「おまえは嫌だと言わないはずだ」

利明は傲慢《ごうまん》な口調でそう返す。

また唇が噛みしめられた。

「言えるはずないもんな」

夏樹は湧《わ》き起こってきた憤《いきどお》りをどうにかして抑《おさ》えようとするかのように、細い指で苛々《いらいら》と髪《かみ》を掻《か》き上げる。眉間《みけん》には微《かす》かに皺《しわ》が寄っている。相当に憤慨《ふんがい》しているようだが、それをはっきりと表面に出せないもどかしさが表れている。

結局、夏樹は利明に逆らえないのだ。

いくら夏樹が多少の抵抗を試みたとしても、結果は最初から決まっている。

利明の背後から三歩ほど遅《おく》れ、夏樹は黙《だま》ってついてきた。

職員室の真上に当たる生徒会室には誰もいない。

利明は夏樹を中に入れると、当然のごとくドアに鍵《かぎ》をかけた。

「もう、いい加減にしてくれないか」

抱《かか》えてきたファイルやプリント類を執行《しっこう》部員用の事務机に置きながら夏樹が言う。声にはうんざりした調子と、いくぶん哀願《あいがん》するような調子とが含《ふく》まれている。

しかし利明はそれをあっさりと無視した。

有無《うむ》を言わさぬ調子で夏樹に命令する。

「脱《ぬ》げよ、夏樹。早く済ませようぜ」

「いつまでこんなことを続けたら気がすむんだ。きみは変だ」

「変？」

利明はせせら笑った。

「変なのはおまえのほうだろうが」

「利明！」

「俺の弟をオカズにしていたくせに」

やめてくれ、というように夏樹が大きく頭を振る。

さらさらした髪が乱れて顔にかかった。夏樹はそれを細い指で乱暴に掻き上げて、気持ちを落ち着かせるようにしばらくこめかみを押さえていた。

利明は夏樹の目の前に立ち、俯《うつむ》けている顔を上げさせる。

夏樹の瞳は憎《にく》らしさと悔《くや》しさ、さらには羞恥《しゅうち》と困惑とで複雑な色合いを帯びていた。

「出来心なんだ」

夏樹が弱い声で弁解する。

もう何回となく聞いた言葉だったが、そのたびに利明は鼻であしらってきた。

もちろん今回も同様だ。

「品行方正な相川夏樹さまが男の裸《はだか》を盗《ぬす》み撮《ど》りして、その写真でマス掻いてたなんて全校中に知れ渡《わた》ったら、ちょっとすごい騒《さわ》ぎになるだろうな？　うちは野郎《やろう》ばかりだから、そんなことなら俺が相手になりますってやつがごまんと現れるぞ」

「……もう、言うな」

「おまえが何度でもこういう会話をぶり返させるんだろうが。おとなしく脱いで尻《しり》を出せばすぐに済むところを、わざとのように俺を苛《いら》つかせる」

「嫌なんだ」

夏樹は苦しそうに言って目を伏《ふ》せた。

長い睫毛《まつげ》が微かに震《ふる》えている。

綺麗《きれい》な男だ、と利明はまた思った。そんな顔を見せれば相手がどんどん嗜虐《しぎゃく》的になるのだと、何度手痛い目に遭《あ》ってもわからないらしい。普段《ふだん》は頭が切れすぎて人を寄せ付けないくらい理知的なのに、こういう本能や情動に関することは少しも学習しないのだ。そのギャップもまた利明をそそって熱くさせる。

もっともっと夏樹を苛《いじ》めてやりたい。

弟より二年も先に出会っていたのに、夏樹が自分より洋二《ようじ》に惹かれたというのが許せない。男を好きになった罪悪感で身動きが取れなくなっていた利明を嘲笑《あざわら》うかのように、当の夏樹はこともあろうに二級下に入ってきた弟をそんな目で見ていたのだ。

利明がキレて、夏樹に最初の乱暴を働いたのは、その激しい嫉妬《しっと》のせいだった。

自分が抑えられなかった。

夏樹は、違《ちが》う、勘違《かんちが》いだ、と何度も訴《うった》えたが、サッカー部の部室で着替《きが》えている最中《さなか》の、汗《あせ》に濡《ぬ》れた洋二の背中や逞《たくま》しい腕《うで》やがっちりした腰《こし》には、確かな官能の意図が見えていた。写真の隅《すみ》にドアがぼんやりと写っているから、部室の外から盗撮《とうさつ》したものに違いない。誰が撮ったんだ、と詰問《きつもん》すると、夏樹は狼狽しつつも自分が撮ったと白状した。利明の頭に血が上った。

夏樹がうっかり生徒手帳を置き忘れて帰らなければ、そして利明がそれを届けてやろうなどと親切心を起こして手に取らなければ、たぶんこのまま何もなく卒業していただろう。

たまに利明は、あれは偶然《ぐうぜん》というよりも必然だったのかもしれない、と思うことがある。

五月のあの日から、二人の関係はあまりにも極端《きょくたん》に変わった。

それまでは親しい友人の域を出なかったものが、脅《おど》す者と脅される者、抱《だ》く者と抱かれる者といった尋常《じんじょう》でない関係になったのだ。

後悔《こうかい》していないと言えば嘘《うそ》になる。


実際、利明は後悔していた。していたが、ここまできてやめることもできなくなっていた。

夏樹のことが前から欲しかった。

卑怯《ひきょう》な手段に訴えてでも夏樹が抱けるのならそれでいい、と最初に思ったのがそもそも間違《まちが》いだったのだ。一度してしまえば二度でも三度でも同じ、という気になるのに時間はかからなかった。

利明が奪《うば》わなければそのうち誰かが夏樹を奪うのではという焦《あせ》りもあった気がする。夏樹にはそう思わせるだけの強烈《きょうれつ》な色香《いろか》があった。

肝心《かんじん》の洋二自体はまったくノーマルな男で、中学の頃《ころ》から付き合っている女の子までいる。夏樹も知っているはずだ。だからきっと、叶《かな》わないと思って写真だけで満足していたのだろう。

利明は勝手にそう考えていた。

なぜよりによって弟だったのか。

利明は理解できなかった。

夏樹に同性愛嗜好《しこう》があることにもっと早く気づかなかった自分がばかみたいだ。知っていたら利明も悩《なや》んで手をこまねいてはいなかった。自分から行動して、正々堂々と夏樹に好きだと打ち明けていただろう。すべては自分の臆病《おくびょう》さが悪いのだが、同性を好きだと感じてまるで悩《なや》

まない男がいるだろうか。少なくとも利明は、見《み》かけの剛毅《ごうき》さや大胆不敵《だいたんふてき》さを裏切って、案外常識的でモラルに縛《しば》られがちな男だった。

「いい加減素直《すなお》になれよ」

利明は夏樹の顔を上げさせると、蒼白《あおじろ》い頬《ほお》を手の甲《こう》で軽く撫《な》でるように叩《たた》いた。

「今ならまだソファで勘弁《かんべん》してやる。だがこれ以上手間をかけさせるつもりなら、机に手をつかせて立たせたまま突《つ》っ込むぞ」

夏樹はビクッと肩《かた》を震わせ、利明の目を見る。

そして利明が本気だとわかると、たちまち抵抗する気力をなくしたようだった。

前に一度そうして責めたことがある。

夏樹は緊張《きんちょう》した体を無理やり開かれて、痛みと恐怖《きょうふ》に泣いていた。

そのときのことを思い起こして怯《おび》えたのだ。

「全部脱いで股《また》を開け。……洋二に知られたくないんだろうが」

耳元に吹《ふ》き込むようにして言い聞かせると、夏樹は観念したように開襟《かいきん》シャツのボタンに指をかけた。

くたびれたソファは校長室からのお下がりだ。あちこち綻《ほころ》びていてお世辞にも見栄《みば》えがいいとは言えないシロモノだが、生徒会室では十二分に役立っている。代々の会長が手放さないところをみれば、それ相応の価値があるということだろう。ただし、なんの役に立っているのかはあえて追及《ついきゅう》しない方がよさそうだった。第二十四代生徒会長の利明にしても、何に一番使用しているかと聞かれたらしばし返事に悩んでしまう。まさか副会長相手に強姦《ごうかん》まがいのセックスをしている、とは言えないだろう。

服を脱いでしまった夏樹はチラリと入り口の方を気にする素振《そぶ》りを示したが、鍵がしっかりと掛かっているのを自分の目で再確認《さいかくにん》すると、諦《あきら》めたような細い溜息《ためいき》をつく。ここまできたら利明が許すはずがないことをわかっているからだ。

利明自身は服を脱がないままだった。

その方が夏樹にとってより屈辱《くつじょく》的な行為《こうい》になるというのもあるが、本音は裸になって抱き合うと気持ちが揺《ゆ》らぎそうで心配だったのだ。

夏樹に対してはあくまでも意地悪、苛め、という突っ張った態度で接しているのに、今さら本当は好きでたまらず、弟を相手に嫉妬心を燃やしているのだとは知られたくない。それはあまりにも利明のプライドを傷つける。

冷静になって考えれば、もうこのへんで「好きだからヤキモチを妬《や》いて心にもない意地悪をしただけだ」と素直に告白して夏樹を抱き締めればいいのかもしれなかったが、今となっては夏樹の気持ちが自分に向くはずもなく、利明もプライドを捨てることができない。

どうせ夏樹には嫌《きら》われているだろうから、今謝って手放してしまい、二度と言葉を交《か》わせなくなるよりも、このまま憎まれながらでも卒業までの残り少ない時間を共有したい。利明はそこまでねじれた考えを抱いてしまっていた。つまり、やけくそになっていたのだ。

利明がソファに座った夏樹の正面に立つと、夏樹は躊躇《ためら》いながらも利明のベルトに手をかけてきた。

夏樹の指先はいつも、心なしか冷えている。

その細い指で下着の中のものを掴《つか》み出されると、利明の背筋に快感が走る。取り出されただけでこうなのだから、上品そうな唇《くちびる》に含《ふく》み込まれるともっとたまらない。気をつけていないと、体調や気分によってはすぐに達《い》ってしまいそうになることさえある。

夏樹は利明のものにぎこちなく指を使い始めた。

他人のものを扱《あつか》うのにはまだ相当な戸惑《とまど》いがあるようで、夏樹はなかなか慣れない。おまえがいつもしているようにしろ、と言っても、無言で少し顔を赤くするだけだ。あまりあからさまなことを言うと怒《おこ》って睨《にら》まれたりする。そういう気の強さも手応《てごた》えがあって好きだ。もっと酷《ひど》いことをしてやりたくなる。

指で弄《いじ》られているうちに利明のものは完全に勃《た》ち上がってきた。先端《せんたん》には僅《わず》かばかり粘液《ねんえき》が滲《にじ》み出ている。

「口に入れろよ」

利明が促《うなが》すと、夏樹は唇を開いて先端からゆっくりと口の中に迎《むか》え入れていく。熱い粘膜《ねんまく》に包まれてさらに吸引される。

気持ちよかった。

利明は熱い吐息《といき》をつきながら、股間《こかん》にある夏樹の艶《つや》やかな髪《かみ》に指を絡《から》めていた。ときおり頭皮を指の腹で撫でたり、後頭部をもっと自分の腰《こし》に引き寄せたりもした。

「……いい。あ、いい」

もう少しで達きそうだった。

夏樹は頬を膨《ふく》らませて利明のものに奉仕《ほうし》している。息苦しそうだったが、とにかく強情《ごうじょう》な男なので、そういったことではなかなか弱音を吐《は》かないのだ。

くちゅくちゅ、といやらしい音をたてながら口全体で吸いつき、括《くび》れや裏筋などの敏感《びんかん》な部分を舌で舐《な》め続ける。指でさせるよりも口の方が達者だった。きっと指の場合は表情を見られるから嫌《いや》で、専念できないのではないか。なんとなくそんな気がする。

先端の小さな穴まで舌先で擽《くすぐ》られ、利明は一気に高まっていく。

「出る」

短く叫《さけ》ぶと、頭を引き剝《は》がさせて夏樹の唇から抜《ぬ》き出した。

直後に勢いよく精液が飛び出る。

利明はそれを遠慮《えんりょ》なく夏樹の白い顔にかけた。

夏樹の綺麗《きれい》な顔にとろりとした飛沫《しぶき》が降りかかり、前髪《まえがみ》や頬、鼻、唇の上と、所構わず汚《よご》してしまう。まさか顔めがけて放たれるとは思っていなかったらしい夏樹は、驚愕《きょうがく》の声を上げて咄嗟《とっさ》に顔を背《そむ》けていたが、ほとんどすべてを顔に受けてしまっていた。

「なにをするんだ！」

「さっき俺に逆らった罰《ばつ》だ」

夏樹の怒りに満ちた非難を浴びても、利明は平然として言い返した。

「素直じゃなかったから懲《こ》らしめてやっただけだ」

「きみは、いったい自分を何様だと勘違《かんちが》いしてるんだ。おれはきみの奴隷《どれい》じゃないぞ」

「べつに俺は構わないぜ。あの写真を洋二のやつに返してやるだけだ。いつもは清廉潔白《せいれんけっぱく》を絵に描《か》いたような相川先輩《せんぱい》がこっそり眺《なが》めていた貴重品だと言ってな」

「……卑怯者」

夏樹は苦々しい表情で吐き捨てるように言うと、乱暴に顔の汚れを手で拭《ぬぐ》った。

「手についたのを舐めろよ」

利明が追い討《う》ちをかける。

夏樹もすっかり意地になっていた。平気を装って指や手のひらについた利明のものを舐め取っていく。全部綺麗にした後では、これで満足か、という軽蔑《けいべつ》しきった眼差《まなざ》しを利明に向けるのも忘れなかった。

夏樹が意地になればなるほど利明も意地になる。

利明は夏樹にソファの上に後ろ向きに乗るように言った。

「背もたれを摑んでこっちに尻《しり》を突き出せよ。かわいがってやるから」

そのとおりにすると、ソファに膝立《ひざだ》ちになって腰を差し出すような強烈《きょうれつ》な形になる。夏樹は羞恥《しゅうち》と怒りに震《ふる》えながらも利明の言いなりになった。

これほどまでして洋二への体面を守りたいのか、と思うと、利明はますますもって残酷《ざんこく》な気持ちになる。

確かに夏樹と洋二は仲が良かった。

そもそもは利明が生徒会の用事で夏樹を自宅に連れてきたのがきっかけで、その時洋二はまだ中三の受験生だった。目指しているのは自分たちと同じ高校、ということで、利明が冗談半《じょうだん》分に「こいつの勉強を見てやってくれよ」と言っておいたのが、二人の間では本当になったのだ。

洋二はすぐに夏樹が気に入ったらしい。

頭はいいし優《やさ》しいし教え方は丁寧《ていねい》だ。とにかく夏樹は面倒見《めんどうみ》がよくて、秋の終わり頃《ごろ》から受験前まで、時間があれば利明の家に来ていた。自分には兄弟がいないから楽しいと言っていたこともある。しかし、蓋《ふた》を開けてみれば、弟としてどころかいっぱしの恋愛《れんあい》対象として洋二を見ていたわけだ。それだけでも利明は裏切られた気がしていた。

幸いにも、と表現していいのか、洋二はまるっきりヘテロの男で、そういう意味ではまったく夏樹を意識していない。それは今でもそうだ。利明と夏樹の急な不仲の原因が自分であるとは夢にも思っていないだろう。

腹が立つ。

洋二よりも自分の方がずっと夏樹の身近に居続けてきたはずだ。

利明と洋二は背格好から顔つきまで結構似ている。洋二の方がまだまだ伸《の》びそうなのであと二年もしたら向こうの体格の方が立派になっている可能性はあるが、それにしても、利明も決して引けを取っていない。線が細くて骨格が華奢《きゃしゃ》なくらいの夏樹と比べれば、抱《だ》きかかえてベッドに連れていくのも無理ではないくらい体格に差があるのだ。

確かに性格は少々きつめでねじ曲がったところがあるかもしれないが、一本筋の通ったタイプだと自負している。事実他校の女生徒からは引く手あまただ。それなのに肝心《かんじん》の落としたい相手からは見向きもされないのだから、つくづく世の中は一筋縄《ひとすじなわ》ではいかない。

洋二はスポーツ万能《ばんのう》で明朗快活な男だ。意地悪く言えば単純な性格ということになるかもしれないが、とにかくいい男には間違《まちが》いない。それは十六年間一緒《いっしょ》に生活してきてわかっている。

好みの問題と一言で片づけてしまうには、利明はあまりにも夏樹に心を奪《うば》われすぎていた。

だからこんな卑怯《ひきょう》な手段に訴《うった》えてでも関係を持たずにはいられない。

これでは何一つ解決しないのは重々承知だが、今はまだ先のことは考えられないのだ。

利明は迷いを振《ふ》り切るようにして、夏樹の引き締《し》まった尻を左右に分けた。

「……見るな……」

夏樹が低い声で訴えるが、利明は無視する。

普段《ふだん》は人目に触《ふ》れることもなくひっそりと窄《すぼ》まっている部分が剝《む》き出しになる。指の腹で襞《ひだ》を捲《まく》り上げると、柘榴《ざくろ》色をした粘膜が見える。まるで呼吸しているように喘《あえ》ぐ様子は、何度見ても淫靡《いんび》でいやらしい眺めだった。

「ここに、本当は洋二のを入れてもらいたいんだよな、夏樹」

「違う。違う。何回同じことを言わせたら気がすむんだ」

はしたない姿をさせられているせいもあってか、夏樹はいつもの落ち着きをなくし、ほとんど泣きそうな声になっている。

肩胛骨《けんこうこつ》の目立つ細い背中がたまりかねたように捩《よじ》られる。

「じゃあなぜあんな写真を持っていたんだ」

「きみには関係ない」

「関係ないじゃないんだよ！」

利明はきつい声を出し、夏樹の蕾《つぼみ》に唾液《だえき》で濡《ぬ》らした人差し指を捻《ねじ》り入れた。

「あうっ、あ」

「おまえは俺の弟相手にいやらしい想像をしてここを慰《なぐさ》めていたんだろうが。なんだ、この硬《かた》くなりかけているこれは」

腰から前に回した手で夏樹のものをきつく握《にぎ》り締める。

「あああ、あっ」

夏樹が背中を反らせて呻《うめ》き声をあげた。利明の握力《あくりょく》が強くて痛みに耐《た》えられなかったのだ。

「それとも男なら誰でもいいのか」

「違う」

「勃《た》たせてるじゃないか。おまけに俺の指まで貪欲《どんよく》に締め付けている」

夏樹は激しく頭を振る。

「食いちぎられそうだ」

「やめろ！」

フン、と利明は小ばかにしたように笑い、中指も強引《ごういん》に潜《もぐ》り込ませて指を二本にする。夏樹の中はぎちぎちで、内部が大きさに馴染《なじ》むまではほとんど動かせないくらいだった。利明は徐々《じょじょ》に指の間隔《かんかく》を広げたりしながら、狭《せま》い筒《つつ》を慣れさせていく。夏樹は閉塞《へいそく》感と腸壁《ちょうへき》を押し広げられる異様な感覚に、ひっきりなしに声を出していた。しばらく指を動かしていると、声に苦痛ばかりではなく色めいたものが混じり始める。

艶《なま》めかしい声をさらに引き出すため、利明は夏樹の袋《ふくろ》を揉《も》みしだき、その下から、指を銜《くわ》え込んでいる尻の穴まで続く張り詰《つ》めた皮膚《ひふ》を、指先で辿《たど》ったり引っ搔《か》いたりした。

「やめろ、あああ、いや、いや」

「ここ、おまえ弱いよな」

「ああっ、あっ、あ」

こうなると夏樹が腰《こし》を揺《ゆ》すりだすのにそれほど時間はかからない。

股間《こかん》でせつなそうに揺れているものには触れず、引き締まった腹や背中、太股《ふともも》などを撫《な》で回しながら、すっかり解《ほぐ》れた内部を二本の指で蹂躙《じゅうりん》する。馴染んで濡れてきた粘膜《ねんまく》は物欲しそうにひくついては指に絡《から》みついてくる。奥深くまで進んで感じるポイントをついたり引っ搔いたりしてやると、夏樹は強情を張っている余裕《よゆう》をなくし、乱れまくった。

「少しは声を抑《おさ》えろ」

自分が夏樹を追いつめておきながら、利明はまるで夏樹の淫乱《いんらん》さに呆《あき》れた、とばかりの皮肉な調子で言う。

「ここの真下は職員室だぞ。おまけにすぐ向かいの校庭ではサッカー部が練習中だ。洋二もいるのに、そんなはしたない声でよがりまくってていいのか」

「うう……あっ、あっ、あ……あああ」

「そんなにいいか」

ほったらかしにしておいた勃起《ぼっき》の先端《せんたん》を確かめると、もうぐっしょりと濡れている。

利明は濡れた指を夏樹の背中になすりつけ、中に入れていた指も抜《ぬ》いた。乱暴にしたので夏樹が尖《とが》った悲鳴を上げる。

前も後ろも中途半端《ちゅうとはんぱ》で苦しそうだった。

利明は夏樹の性的な弱さをよく知っていて、そのうえでからかうように自分の硬くなっているものを入り口に押し当てた。

「欲しいか？」

夏樹は最後の躊躇いを捨てきれないのか、すぐには返事をしない。

すでに入り口は淫《みだ》らな収縮を繰《く》り返し、襞にぴったりとあてがわれている利明のものをなんとかして内側に引き込もうとするかのようにしている。ひどくいやらしい眺《なが》めだった。

「いいことを思いついた」

強情を張る夏樹に、利明はまたもや新しい意地悪を思いついた。

「窓を開けて校庭に顔を突《つ》き出すようにして抱いてやろう」

「嫌《いや》だ！」

今度ばかりは夏樹の反応も素早《すばや》かった。

「絶対にそんなこと、許さない」

「なら欲しいって正直に言え。奥まで突いて達《い》かせてくれと頼《たの》め」

夏樹はきつく唇《くちびる》を嚙《か》んでいるようで、どうしても返事をしない。

本当に強情な男だと利明も呆れてしまう。

二階の窓から校庭を見下ろさせながらのセックスなど、利明も本気でできるとは思っていなかったのだが、夏樹に対する脅《おど》しとしては効果があった。夏樹は利明が大胆《だいたん》不敵で情け知らずの振る舞《ま》いをする男だと信じているのだろう。

利明が肩《かた》に手をかけて引き起こしかけると、夏樹は激しく狼狽《ろうばい》した。

本当に窓辺に連れていく気なのだと思ったらしい。

「やめろ、ばか！」

「おまえの素直《すなお》じゃない性根《しょうね》を叩《たた》き直すには、多少の荒療治《あらりょうじ》がいりそうじゃないか」

「そんなの必要ない」

「じゃあさっさと降参しろよ」

夏樹は屈辱《くつじょく》に震《ふる》えながら、利明が強要した恥《は》ずかしいセリフをどうにか口にした。

利明としても、夏樹が素直に折れれば今は満足なのだ。

飢《う》えているのはむしろ利明の方かもしれない。

一刻も早く夏樹の中が味わいたかった。

いくら出しても、夏樹の中で果てるまでは最終的に満足できない。

利明が夏樹の熱く熟れた内部に硬く張り詰めた自分自身を挿入《そうにゅう》すると、夏樹の唇から隠《かく》しようもない嬌声《きょうせい》が洩《も》れた。

どうしてこんなことになったのか、夏樹は悔《く》やんでも悔やみきれない。

あれほど写真の扱《あつか》いには慎重《しんちょう》になるべきだと自分に言い聞かせていたのに、こともあろうに生徒手帳に挟《はさ》んだままそれを置き去りにしてしまうなど、間抜《まぬ》けとしか言いようがない。

拾った相手が利明だったのも、幸か不幸かわからない。

夏樹としては死んでしまいたいほど恥ずかしいことだが、仮にこれが他《ほか》の執行《しっこう》部員や生徒、ましてや教師などだったりしたら、もっと大変なことになっていたかもしれない。

現行生徒会の副会長が、上半身裸《はだか》の男を盗撮《とうさつ》して、生徒手帳などに挟んでいたのだ。

普段から真面目《まじめ》で堅《かた》い印象の夏樹だから、前代未聞《みもん》の衝撃《しょうげき》的事件として噂《うわさ》はあっという間に全校中に広がったことだろう。

どっちもどっちだが、少なくとも利明が自分の胸一つに収めていっさい他言しないでくれているのだけはありがたい。その点では夏樹も利明を信じていた。利明がどれほど夏樹を嫌悪《けんお》していても、一度交《か》わした約束を軽々しく反故《ほご》にすることだけはない。短くもない付き合いだから利明の気質はわかっている。

夏樹は何度か利明に「魔《ま》が差した」と言ったが、まさにそれが真実だった。

あれは、四月の終わりのことである。

そのとき夏樹は生徒会書記の近見《ちかみ》と一緒《いっしょ》に、校内の備品チェックをしていた。破損しているものや寿命《じゅみょう》のきているもの、不足しているものなどを各部に聞いて回り、今期の予算計上のための参考資料を作っていたのだ。

カメラもその関係で持ち歩いていた。破損箇所《かしょ》を写すためだ。

運動部の部室がずらりと並ぶピロティに来たとき、近見がトイレに行くと言いだした。

夏樹は近見を待っている間、何気なく半開きになっていたサッカー部の部室に目を留め、近づいていった。戸締《とじ》まりをしていないのは不用心ではないか、と心配になったのだ。

中には人がいた。

どういうわけかは知らないが、洋二が一人で着替《きが》えをしている真っ最中だった。

汗《あせ》に濡れた逞《たくま》しい背中や二の腕《うで》を見た途端《とたん》、夏樹はシャッターを切っていた。

あのときの衝動的な行動は自分でも説明のしようがない。

突き動かされるようにしてカメラを構えていたのだ。

洋二の裸に夏樹はクラクラと眩暈《めまい》を感じた。

しかし、それは断じて洋二に欲情したからではない。

夏樹は洋二の裸を一瞬《いっしゅん》だけ利明の裸だと錯覚《さっかく》してしまったのだ。

こんなことになってしまって皮肉としか言いようもないが、夏樹はずっとずっと以前から利明が好きだった。

だった、などと過去形にする必要もなく、本当は今でも好きだ。

だから写真を利明に見られてしまい、当然のごとく誤解され、なんの間違《まちが》いか無理やり体の関係を強要されている現状が辛《つら》くて仕方ない。

利明は好きだが、決してこんな形で抱《だ》かれたくはなかった。

夏樹にだけ全部脱《ぬ》げと強要し、自分はズボンの前を開けるだけのような虚《むな》しい関係は今すぐにやめてほしいのだ。

好きな人に体を弄《もてあそ》ばれて嬉《うれ》しがることができるほど夏樹は無神経ではない。

利明にはきっと夏樹の気持ちは理解できないだろう。

洋二がノーマルな嗜好《しこう》だというのは知っていた。受験勉強を手伝ってあげていたとき、彼女の話を何度も聞かされたからだ。

弟がそうだから、利明も男を好きになるタイプではないだろうと諦《あきら》めていた。世の中にゲイの男は少なくはないが、たまたま好きになった男がゲイであるほどには多くないはずだ。

このまま卒業まで親しい友人として、また会長を補佐《ほさ》する副会長の立場で、利明と関《かか》わりを持っていられたら満足だと思っていた。

一枚の写真がそのささやかな願いすらも奪《うば》ってしまったのだ。

悔やんでも悔やみきれない。

しかし、取り返しのつく問題でもない。

利明は夏樹を嫌悪しているのだろう。こういう嗜好は理解できない人にはとことん理解できないものだ。それは決して利明のせいではない。

夏樹が哀《かな》しいのは、どうして理解できないならできないで、嫌悪してくれて構わないから、自分のことを放っておいてくれないのか、ということだ。

どうにも利明の気持ちがわからないのはそこだった。

弟の裸を盗《ぬす》み撮《ど》りされて手帳になど挟んでおかれれば嫌な気持ちになるのは当然だ。怒《おこ》るのもわかる。絶交だと言われても仕方がないと諦めた。

ところが利明が強要したのは、セックスなのだ。

火がついたみたいに怒り、夏樹を罵《ば》倒《とう》した挙げ句、興奮したのだと言い放って問答無用の荒々《あらあら》しさで押し倒《たお》してきた。確かに利明は激しく興奮していた。股間《こかん》の硬《かた》さと大きさは未経験だった夏樹を怯《おび》えさせるほどすごかった。

最悪の初体験になってしまったものだ。

初めての相手が秘《ひそ》かに想《おも》っていた利明だったのが唯一《ゆいいつ》の救いで、他《ほか》はすべてがひどかった。

利明に知識がなくて、とにかくむちゃくちゃに挿入された。あれが本当に好きでもなんでもない男から受けた暴行だったとしたら、夏樹はセックス恐怖症《きょうふしょう》になっていたに違《ちが》いない。

利明だったから許したのだ。許せたのだ。

その後も何度も関係を強要され、不本意ながらも従ってきているが、これも相手が利明だからだ。

さっさと嫌《きら》いになれたら楽なのに、どうしても利明を嫌いになれない。

夏樹は自分のおめでたさが情けなくなる。つまるところ、心のどこかにまだ一縷《いちる》の望みを抱いているのだ。

いつか夏樹の気持ちが利明に通じるかもしれない。

今ここで無理に利明を切り捨ててしまえば、それっきりになってしまう。大学も離《はな》ればなれになるだろうし、二度と会う機会もなくなるかもしれない。社会に出ればますます縁遠《えんどお》くなる。その次に来るのは結婚《けっこん》という人生の節目だ。夏樹は結婚した利明だけは見たくない。

それなら、多少ひどいことをされても我慢《がまん》して、残り僅《わず》かな高校生活の間だけでも一緒にいた方がいい。嫌われておきながら体だけ繋《つな》がれるのは辛かったが、そのうち利明も飽《あ》きるだろう。それまでの辛抱《しんぼう》かもしれない。

今、例の写真は利明の手にある。

洋二に知られたくないと思うのは、体面を気にしているからだけではなかった。もちろんそれも多少はあるのだが、それよりもむしろ、洋二の裸を利明の身代わりにした罪悪感があるからなのだ。

正直な話、夏樹はあの写真で淫《みだ》らな行為《こうい》をしたことがある。

しかしそれは背中だけしか写っていないあの体を、利明の体だと思うようにしてのことだった。洋二に対してこれほど失礼なこともないだろう。

あの写真は早く処分してしまいたい。

ているのだ。


万一また誰かに見られてはことだ。

夏樹は五月からこっち複雑な気持ちを抱《かか》えたままで、利明の横暴な仕打ちに甘んじて過ごしているのだ。


写真を返してくれ、と言うと利明は露骨《ろこつ》に機嫌《きげん》を悪くする。

「ふざけるな。返せばまたあれでいろいろな妄想《もうそう》をして楽しむんだろうが。そんなことを俺が許すと思うのか」

いくら違《ちが》うと訴《うった》えても、とにかく利明は聞こうとしない。

誰もいなくなった薄暗《うすぐら》い生徒会室で、夏樹を貫《つらぬ》く利明の動きは、ますます容赦《ようしゃ》なく乱暴になっていく。

夏樹は激しい抽挿《ちゅうそう》に啜《すす》り泣いていた。

チャンスさえあればこうして腰《こし》を剥《む》かれ、突《つ》っ込まれて掻《か》き回される。最初は痛みと苦しみしか感じなかった体もどんどん慣らされて、今では進んで快感を貪《むさぼ》るようにまでなっていた。

ときどき、恥《は》ずかしくて死んでしまいたくなるほどよくて理性を保っていられなくなることもある。そんな場合は中断されると苦しくてたまらないので、なりふり構わず利明に縋《すが》りつく羽目になる。利明はその辺を心得ており、夏樹をとことんまでいたぶった。

利明が奥深く突き入れたままで夏樹の腰をぐるぐる回させる。

硬い先端《せんたん》が敏感《びんかん》な内部を抉《えぐ》るように掻き混ぜて、夏樹は強烈《きょうれつ》な快感に悶絶《もんぜつ》した。ぎゅうっと括約筋《かつやくきん》を収縮させて利明を締《し》め付ける。そのため利明まで呻《うめ》き声を上げた。

「おまえ、すごいな。そんなにいいか」

利明の手はわざと夏樹の昂《たかぶ》りを避《さ》けて脇腹《わきばら》や胸に伸《の》ばされる。利明は夏樹が一番触《さわ》ってほしいところは無視するのだ。たまに触ってくれても、あくまでも状態を確かめるだけで、楽にしてやろうなどという親切心は微塵《みじん》も持っていないようだった。

後ろを責められただけで昇《のぼ》り詰《つ》めて達するほどには夏樹も開発されていない。

結局利明だけを満足させたら無情に突き放されて、夏樹の体に燻《くすぶ》る熱は自分の指で慰《なぐさ》めないといけないのだ。のろのろと服を着て生徒会室から一番近いトイレに行く惨《みじ》めさは、なにより夏樹を打ちのめした。

もっとも、抱かれている最中《さなか》はそんな事後のことなど考えていられない。

夏樹は利明に胸の粒《つぶ》を摘《つま》んで引っ張られ、小さな悲鳴をいくつもあげた。

「ここ、大きくなってるじゃないか」

「あっ、あっ、あ」

「いやらしい声出すなよ」

出すなと言われても、利明が執拗《しつよう》に弄るので声を抑《おさ》えられない。ビリビリした快感が生まれてきて、後ろの孔《あな》を引き絞《しぼ》ったり腰を蠢《うごめ》かしたりしてしまう。胸がこんなに感じるとは知らなかっただけに、夏樹の戸惑《とまど》いは大きい。

指の腹で擦《こす》り潰《つぶ》すようにされたかと思えば爪《つめ》を立てて引っ張り上げられ、あまりの痛みに涙《なみだ》を降り零《こぼ》してしまうと、今度は宥《なだ》めるように軽く撫《な》でられる。

その間も体の奥深くはずっとはち切れそうに大きくなった勃起《ぼっき》で責められている状態なのだ。

夏樹は次第《しだい》に意識がぼんやりとしてきた。

中を抉られるたびにパタパタと先走りの液が零れる。

少しでいいから触りたくてたまらなかったが、前に一度自分の指で握《にぎ》ろうとしたら、利明に容赦なく手の甲《こう》を抓《つね》りあげられた。そして二度と勝手なことはしないと誓《ちか》わされたのだ。

「もう、達《い》って……利明、頼《たの》むから、もう」

「まだだ」

「ああ、あ、うう」

「おまえが悪いんだろうが。しつこく写真のことなど持ち出しやがって」

利明はそれで虫の居所を悪くしているのだ。

申請《しんせい》している場合を除いて、生徒は八時までには校内を出なければいけない規則になっているのだが、それまでにまだ一時間はある。この分ではぎりぎりまで解放されそうになかった。

もう乱れないようにがまんしている余裕《よゆう》はない。

夏樹は腰を揺《ゆ》すり立てて自分の快感を追いかけた。

利明の声も切羽詰《せっぱつ》まってくる。

「夏樹」

突然肩《とつぜんかた》を摑《つか》まれて、ソファに横倒《よこだお》しにされた。

はずみでずるりと抜《ぬ》けた利明のものが、今度は正常位で挿入《そうにゅう》されてくる。

「あああっ、あっ」

いつもとは違うところを擦り上げられて夏樹は強烈な快感に我を忘れてしまった。

利明の平手が夏樹の口を塞《ふさ》ぐ。

「うっ、うっ」

ぼろぼろと涙が零れてくる。

それは利明の手を濡《ぬ》らし、利明は夏樹の口から手を離すと、そのままごく自然な仕草で頰《ほお》に零れる涙を払《はら》いのけた。

「声を抑えろよ……誰かに知られたらどうするんだ」

「勝手なことを言うな」

夏樹の声は弱々しく覇気《はき》のないものになった。

体の奥の快感がじわじわと全身に回ってきており、吐《は》く息は熱っぽくなるし、声は甘美《かんび》な快感に頼《たよ》りなく震《ふる》えてしまう。こんな状態で利明に立ち向かうことはできない。

「そうだな」

利明も皮肉に笑う。

「おまえはむしろ誰かにこの状態から救ってほしいくらいなんだもんな」

「もう、達ってくれ」

夏樹は利明の腕《うで》に両手をかけ、涙目をしたまま頼んだ。

「これ以上は、もたない」

「えらくしおらしいじゃないか」

仕方がなかった。

体が快感に吹《ふ》き飛びそうで、何も考えられない。

一時も早く利明を達《い》かせて自分も達したい。

夏樹が目を閉じると、利明は夏樹の両脚《りょうあし》を掬《すく》い上げるようにして大股《おおまた》に開かせ、そこに自分の頑丈《がんじょう》な腰を打ちつけ始めた。

「ああ、あ。ああっ、あ」

夏樹の喘《あえ》ぎ声が熱に浮《う》かされたようなものになる。

恥ずかしかったが止まらない。

頭を左右に振《ふ》り、涙を零して顔中を濡らしながら、いつの間にか「いい、いい」と口走って

いた。

利明はそんな夏樹の姿を見ているうちに、少しだけ気分を変えたようだった。

無骨な指が夏樹の中心を掴んできた。

「ああっ」

そのまま指で擦られて、夏樹は仰《の》け反ってしまう。

他人に弄《いじ》られるのはこれが初めてだ。

想像以上に凄《すさ》まじい快感に襲《おそ》われて、夏樹は利明の肩《かた》に両腕《りょううで》を回してしがみついていた。相変わらずシャツを着たままなので、シーツに爪を立てるのと同じようにシャツを掴む。

利明は夏樹を振りほどかなかった。

腰の動きは緩《ゆる》やかに調節しておきながら、まずは夏樹を達かせることにしたらしい。

巧《たく》みに動く指で追い上げられたら夏樹はひとたまりもなかった。

「あーっ、あああ、イク、イク！」

髪《かみ》を振り乱し、汗《あせ》と涙で顔をぐちゃぐちゃにして、夏樹は自分の腹の上に出していた。

快感の余韻《よいん》で指一本持ち上げられない。

その状態を、さらに今度は後ろの刺激《しげき》で翻弄《ほんろう》された。

途中《とちゅう》から利明が夏樹にハンカチを嚙《か》ませたくらいの激しい乱れぶりだった。

さんざん夏樹を翻弄しまくった挙げ句に、利明は大量の精を夏樹の奥に吐き出した。中に出されるのも初めてだ。

筒《つつ》の中を熱い迸《ほとばし》りでぐしょぐしょに濡らされた夏樹は、利明が体を離《はな》しても起き上がることもできなかった。

ソファに横たわったままぐったりとしていると、利明がどこからか濡れタオルを持ってきて夏樹の太股《ふともも》の上に放り投げてきた。

「戸締《とじ》まりはおまえがしろ」

利明はここまで親切にしてやれば十分《じゅうぶん》だろうと言わんばかりで、夏樹を置き去りにしたまま先に帰ってしまった。

夏樹はしばらく一人で暗い部屋に横になっていた。

涙が出てくるのは、哀《かな》しいからなのか悔《くや》しいからなのかやるせないからなのか、夏樹自身にもわからなかった。

コンクリート敷《じ》きの渡《わた》り廊下《ろうか》の隅《すみ》に置かれた冷水機の水を飲んでいると、背後に人の立つ気配がした。

振り返ると洋二だ。

夏樹はつい今し方まで利明に蹂躙《じゅうりん》されていた奥が疼《うず》くのを感じて微《かす》かに狼狽《ろうばい》した。

本当にこの兄弟はよく似ている。

「あれ、夏樹先輩《せんぱい》」

ようやく部活の特訓から解放されたばかりなのか全身を泥《どろ》と汗まみれにした洋二が、夏樹だとわかって意外そうに目を見張る。

「もしかしてずっと校内に残ってたんですか」

「うん、ちょっとね」

「あ、生徒会の用事ですよね。大変そうですねぇ。うちの学校、生徒の自治が確立されて校風が自由な分、生徒会に相当負担がかかっているらしいですね。そういえば最近兄貴も帰りが遅《おそ》いって母が言ってましたよ」

洋二は屈託《くったく》なく陽気に喋《しゃべ》る。

夏樹もなるべく顔に疲《つか》れが出ないように努め、洋二に余計な心配をさせるまいとする。利明とのことを勘繰《かんぐ》られてはまずい。

「でもなぁ」

洋二が納得《なっとく》いかなそうな複雑な表情で夏樹を見る。

「いつの間にか先輩と兄貴って仲が悪くなってるんだもんなぁ」

夏樹はギクッとした。

洋二の疑問はあまりにも尤《もっと》もだ。以前はあれほど親しくしていたのに、新学期が始まってしばらくしたら犬猿《けんえん》の仲などと周囲に囁《ささや》かれるほど反目し合っているのだから、原因を知りたいと思っても無理はない。

どうも利明はそういう点まるで演技のできない男だった。

写真のことで夏樹に対する怒《いか》りを爆発《ばくはつ》させたときから、あからさまに嫌《きら》っている態度を取り始めた。皆《みな》の前では今までどおりに無難に接して、二人きりの時だけ横暴になるとか、そんな外面《そとづら》を発揮することができないらしいのだ。

それだけ怒りが大きかったの一言に尽《つ》きるのかもしれない。

ともかく、わけがわからずに当惑《とうわく》しているのは生徒会執行部《しっこうぶ》の面々ばかりではなかった。

「夏樹さん……兄貴となんかあったんですか？」

以前のようにして呼《よ》びかけられたことで、夏樹は洋二が改まって真摯《しんし》な気持ちを表している気がした。洋二は他《ほか》の連中のような興味本位で知りたがっているわけではないのだ。

しかし夏樹にはどうしても、なんでもないと首を振ることしかできない。

洋二に打ち明けられることなど何もなかった。

夏樹が決して譲《ゆず》らない面は譲らないと察している洋二は、仕方なさそうに溜息《ためいき》をつく。

「また前みたいにうちに遊びに来て、頭の悪い俺の宿題でも見てもらいたいんだけど、無理そうですね」

「ごめん」

「あ、べつに夏樹さんが謝ることないですよ」

洋二は慌《あわ》てて言った。

立派なガタイでサッカー部でも早くから注目されているらしい洋二だが、偉《えら》ぶらず謙虚《けんきょ》に練習に励《はげ》んでいる姿からもわかるように、心根の優《やさ》しい素直《すなお》な好青年なのだ。夏樹は洋二が好きだった。利明とはまた違《ちが》う意味ではあったが、こんな男に大事にされている彼女が羨《うらや》ましいと何度も思ったことがある。

本当は利明も洋二と同じように思いやりのあるいい男なのだ。スポーツ主体の洋二に比べるとやや繊細《せんさい》で、頭の良さが際立《きわだ》った知性派なのだが、なんでも一通りこなして平均をはるかに上回る結果を出すところなど、凡人《ぼんじん》が真似《まね》したくても真似できないそつのなさがある。

夏樹は利明の存在を知った瞬間《しゅんかん》から、彼を意識し始めた。

結局三年間同じクラスにはなれなかったが、そんなことは関係なく親しくなっていたのだ。

安心しきっていたときほど足下を掬われるものなのだと運命にせせら笑われている気がする。

それでも夏樹は、利明は今ちょっと血迷っているだけだ、という考えをまだ捨てていない。

だから利明を憎《にく》んでも恨《うら》んでもいなかった。

「受験勉強って、もう今頃《いまごろ》から大変なんですか？」

洋二が話を変えようとして新しい話題を振《ふ》ってくれた。

夏樹もやっと緊張《きんちょう》を緩める。

「おれはまだかな。ぼちぼち本格的にとは思っているんだけど、思っているだけで進まない」

「どこを目指すかはもう決まってるんでしょう?」

「だいたいはね」

他愛《たわい》ない会話をしばらく交《か》わしてから、夏樹は洋二と別れた。

別れ際《ぎわ》に洋二が迷いを捨てるようにして、

「そのうちまた親しくしてもらえたら俺嬉《うれ》しいな」

と言ってくれたのが、夏樹の耳に残っている。

現状を考えるとそんな可能性は限りなく低かった。利明が洋二に近づくことを許すとは到底《とうてい》思えない。

いつまでこんなことが続くのだろう、と夏樹は憂鬱《ゆううつ》になってきた。

気が滅入《めい》っていたせいか、知らず知らず溜息をつきながらぼんやりと歩いていたようだ。

昇降口《しょうこう》で靴《くつ》を履《は》いていたところ、声をかけられた。

「相川」

生徒会執行部の一人で、文化部長をしている水木《みずき》だった。

夏樹は水木と仲がいい。おっとりして上品な立ち居《い》振る舞《ま》いをする彼は、誰に対しても区別なく礼儀《れいぎ》正しくて面倒見《めんどうみ》のいい優しい男だ。霊感《れいかん》が鋭《するど》いことでも有名で、どこか神秘的な雰囲《ふんい》気《き》もある。全校生徒に聞いても水木を嫌いだと言う者はまずいないだろう。利明も水木とはかなり親密に付き合っているようだ。

「さっきから溜息を三つ聞いたよ。大丈夫《だいじょうぶ》？」

夏樹は慌てて頷《うなず》く。

いつから見られていたのか、まるで気づかなかった。

「顔色が少し悪いようだけど」

「ちょっと疲れが溜《た》まっているみたいなんだ。今夜は早めに寝《ね》るよ」

そうだね、と水木は返事をし、心持ち長めに夏樹の顔を見ていた。

水木の思慮深《しりょぶか》そうな瞳《ひとみ》に見つめられると、心の底に隠《かく》していることまで見透《みす》かされそうな気がする。夏樹は不安で一刻も早くこの場を逃《に》げ出したくなる。

ふと、水木には利明との不仲をどう思われているのかと考えてしまう。

勘《かん》の鋭い水木のことだから、二人の間に起こっていることを察しているかもしれない。まさか淫《みだ》らな関係になっていることまでは知られていないと思うのだが、水木だけは夏樹も侮《あなど》れなかった。

何かもっと訊《き》かれるのかと構えた夏樹だったが、水木はそれ以上追及《ついきゅう》することもなく、気をつけて帰って、とだけ言って立ち去った。

一人になった途端《とたん》、ホッとしたのも束《つか》の間で一気に疲労《ひろう》が倍に膨《ふく》らんだ。

利明の無茶に唯々《いい》諾々《だくだく》と従っているので、気持ちも体も疲れ果てているのだ。
この行き詰《づ》まったままの関係をどうにかしたい。
したいのだが、夏樹には妙案《みょうあん》などまるで思い浮《う》かばないのだった。

いつもは生徒会室で抱《だ》くだけだったのだが、週末たまたま両親が家を留守にする予定があったので、久しぶりに夏樹を家まで連れてきた。

洋二も部活の先輩の家に泊《と》まりに行っている。

家にいるのは利明と夏樹の二人だけという格好の状況だった。

最近夏樹は相当感じるようになっているようで、一度周囲に憚《はばか》ることなく声を出させてみたくなったのだ。

誰もいない家とはいえ、夏樹は落ち着かなそうにしている。

利明にはまるでその態度が、洋二の家でもある場所で抱かれるのを嫌《いや》がっているように思え、不愉快《ふゆかい》だった。しかしそれもまったく予想しなかったことではない。

「なんなら洋二のベッドで抱いてやろうか、夏樹」

わざと夏樹の気に障《さわ》ることを言うと、夏樹は利明を呆《あき》れ果てた目で見る。その瞳の中には明らかな軽蔑《けいべつ》も混じっている気がした。

「いい加減にしてくれないか」

もうたくさんだ、と夏樹は頭を振《ふ》りながら言った。

「これ以上おれをがっかりさせないでくれ」

「今さらなにをがっかりするんだ。どうせもう俺のことは、たいがい軽蔑しきっているんだろうが」

夏樹は唇《くちびる》を引き結んだまま答えない。

まだ最後の一線では利明を信じたがっている夏樹の気持ちを嗅《か》ぎ取って、利明は意外だった。こんなに酷《ひど》いことばかりしているのに、夏樹はまだ懲《こ》りていないのだ。それがわかると、躊躇《ためら》って後悔《こうかい》する気持ちが増してくる。

もしかするとまだ間に合うのかもしれない。

今なら取り返しが利《き》くのかもしれない。

しかし、どうしてもこの場で夏樹を抱きしめて、本当の気持ちを告げるだけの勇気は出せなかった。

夏樹に対してはとてつもなく臆病《おくびょう》になる。

この二年以上の間ずっと、好きだと告げることもできなかったくらいなのだ。ましてや今の複雑な現状をそっくり覆《くつがえ》すような発言を、その場の衝動《しょうどう》だけで口にできるはずがない。情けないかもしれないが、利明の性質はそうなのだった。

これがもし洋二なら、きっと面倒《めんどう》なことはいっさい考えず、したいままに行動するのだろう。

夏樹がそんな洋二に惹《ひ》かれるのは至極《しごく》当然のような気がした。

洋二のことを考えていると、利明はにわかに心が落ち着かなくなってくる。弟を相手に嫉妬《しっと》してどうするんだ、と自分を詰《なじ》ってやりたいのだが、他《ほか》のことはいざ知らず、夏樹が絡《から》むと身動きが取れない。

自分の動揺《どうよう》は押し殺《ころ》し、この場はいつもの冷酷《れいこく》な態度を貫《つらぬ》くことにする。

「おまえも強情《ごうじょう》だな」

利明は夏樹の強張《こわば》った顔をそうからかって、まぁいい、と呟《つぶや》いた。

「来いよ」

夏樹の腕《うで》を摑《つか》んで引っ張り、浴室のドアを開ける。

夏樹が戸惑《とまど》った目をした。

まさか一緒《いっしょ》に風呂《ふろ》に入らされるとは考えもしていなかったようだ。

利明は困惑《こんわく》する夏樹を見ているだけで楽しくなる。

先に服を脱《ぬ》ぎ捨てて風呂場に入っていき、バスタブに湯を溜《た》め始める。カランが大口なので十分もあればちょうどいい量まで溜まる。

再三促《うなが》してやっと夏樹が細い裸体《らたい》を曝《さら》して入ってきた。こうしてまじまじと夏樹の全身を見つめるのは初めてだ。

顔が綺麗《きれい》なのは十分承知していた。

その顔にふさわしく、体の方も溜息《ためいき》が出るほどバランスが取れている。腕や脚《あし》、胸板《むないた》には薄《うす》いがきちんと筋肉がついていて、痩《や》せすぎな印象はない。張りのある白い肌《はだ》も健康的だった。細部はよく知っていてもこうして全体として捉《とら》えると、今まで自分がいかに綺麗な男を好き勝手していたのか改めて認識《にんしき》させられる。

利明は股間《こかん》を隠している夏樹の手を摑み上げ、少し潤《うる》みを帯びている瞳を見つめた。

「今さら隠すことなんかないだろうが。俺とおまえの仲だ」

「こういうのは、嫌だ」

「ならどういうのならいいんだ」

「……頼《たの》むから、おれを戸惑わせないでくれ」

「答えになっていないな」

だがそれ以上夏樹が何も言いそうにないのは確かだった。

利明は夏樹の細い腰《こし》を引き寄せ、ぴったりと自分の裸《はだか》の腰に密着させた。

夏樹が息を呑《の》む。

こうして裸で触《ふ》れ合うのは初めてなのだ。

利明も、自分の肌で夏樹の熱を確かめたことに、言葉では表せないくらいの不思議な充足感《じゅうそくかん》を感じていた。

もっと早くこうして夏樹と抱き合えばよかったのかもしれない。

しかし生徒会室で二人とも全裸《ぜんら》になるのはあまりにも無謀《むぼう》だったのだ。もしも誰かがノックしてきて中に入らせろと言ってきた場合、まったく身動きが取れなくなる。そのために利明はあえて服を乱さないようにしていた。このことを夏樹がどう思っているのかは知らないが、少なくともいいようには取っていないに違《ちが》いない。利明としてもべつにそれで構わなかった。事態そのものが変わるわけでもない。

互《たが》いのものがまともに触れ合っていた。

夏樹は頬《ほお》を赤くして身動《みじろ》ぎする。それでも利明にがっちりと腰を押さえつけられているものだから、かえって互いを擦《こす》り合わせるような結果になるだけで、ますますいやらしいことになっていく。

利明も夏樹もむくむくと中心を強張らせ始めていた。

「おまえのせいだぞ」

夏樹の耳元でボソリと言ってやると、夏樹は俯《うつむ》いてしまう。耳朶《みみたぶ》も首筋も真っ赤で、動悸《どうき》も速くなっているようだ。

利明は恋人同士《こいびと》で抱き合っているような気持ちになってきた。

バスタブの湯が八分目になっている。

カランを締《し》めて湯を止めてから、夏樹の腰を離《はな》してやる。

「いやらしいやつめ」

利明の腹部は夏樹の零《こぼ》した先走りで僅《わず》かに濡《ぬ》れている。

堪《こら》え性《しょう》がないのは知っていても、ここまで早いのは夏樹自身も不覚だったらしい。いつもなら何か言い返すところだったが、さすがに恥《は》ずかしそうにそっぽを向いているだけだった。

利明は夏樹の手を押しのけ、勃《た》ち上がってしまっているものを自分の手に握《にぎ》り込んだ。

「あっ」

「じっとしていろ」

ゆっくりと皮を扱《しご》き始めると、夏樹は両腕《りょううで》を交差させて顔を覆《おお》い隠《かく》してしまい、なんとか喘《あえ》ぎ声を嚙《か》もうとしていた。

限界が近づいてくると全身が小刻みに震《ふる》えだし、膝《ひざ》を折って前屈《まえかが》みになりかける。

利明は夏樹の頭を自分の肩《かた》に凭《もた》れさせつつ、指の動きを速くした。

「ああっ、あっ、あああ、あ」

先端《せんたん》を包み込むようにしていた利明の手のひらに、生温かい精液がどろりと零れ出てきた。達した余韻《よいん》にぶるぶる震えている顎《あご》を摑んで頭を上げさせる。目尻《めじり》に浮《う》かんでいる涙《なみだ》の粒《つぶ》がなんともかわいらしかった。夏樹を感じさせて達《い》かせたのだと思うと、利明はそれだけでも満足感が湧《わ》いてくる。

「本当にがまんできない男だな。今夜はたっぷり時間があるのに」

「……利明」

「おまえが何度イクか賭《か》けようか、夏樹？」

夏樹が緩《ゆる》く首を振って拒絶《きょぜつ》する。

利明はフフフと意地悪く笑いながら、夏樹を促し一緒にバスタブに入った。

湯が溢《あふ》れ出て、浴室に湯気が充満《じゅうまん》する。

めったに訪《おとず》れる機会ではないので、一晩中かけて夏樹をいたぶるつもりだった。

利明は上に跨《また》がらせた夏樹に己のものを口淫《こういん》させながら、自分でも夏樹の尻《しり》の穴を苛《いじ》めた。

催淫《さいいん》効果があるというクリームを指に掬《すく》い取り、窄《すぼ》まりの襞《ひだ》一つ一つを伸《の》ばしながら塗《ぬ》り込めていき、それから二本の指を筒《つつ》の奥まで潜《もぐ》らせる。たっぷりと指に絡ませたクリームのお陰《かげ》で、挿入《そうにゅう》も抜《ぬ》き差しもスムーズだった。そのうえ効果も早くて、それほど時間が経《た》たないうちから夏樹は腰を蠢《うごめ》かせてくぐもった啜《すす》り泣きを洩《も》らし始めた。

がまんできない痒《かゆ》みが内部を犯《おか》しているらしく、口にしていた利明の勃起《ぼっき》を出してしまい、熱い吐息《といき》を繰《く》り返すので精いっぱいになっていた。掲《かか》げさせたままの尻をおとなしく据《す》えておくこともできないようで、浅ましいほど入り口を収縮させ、物欲しそうに喘がせている。

「どうした。欲しいのか」

夏樹も強情なのですぐには欲しいなどと素直《すなお》に言わない。

それも計算ずくで、利明は夏樹をもっと追いつめていった。

「俺のが欲しければもっと舐《な》めろ。いいと言うまで舐めたら自分で跨がって入れていい」

恩着せがましく言いながら、夏樹がもう一度 唇《くちびる》に含《ふく》ませて少しずつ舐め始めると、自分も引き続き指で熱く火照《ほて》っている内部をぐいぐいと突《つ》いてやる。

「んんっ、んんっ、ん」

夏樹が泣いている声が利明の欲望をどんどんエスカレートさせる。

袋《ふくろ》や陰茎《いんけい》もときどき揉《も》んでやった。鈴口《すずぐち》はびしょびしょに濡れそぼっていて、利明の指をぬるぬると汚《よご》す。

利明は節操のない夏樹に仕置きだと言って、サイドテーブルに用意しておいたハンカチですっぽりと覆ってしまうと、その上から荷造り用の細いビニール紐《ひも》で括《くび》れから付け根までをぐるぐると縛《しば》ってしまった。

夏樹はあまりの仕打ちに恨《うら》めしそうな嗚咽《おえつ》を洩らしたが、利明にはどんな哀願《あいがん》も聞き入れられないと思っているらしく、この場は少しでも早く利明を満足させて自分も解放されようと懸《けん》命《めい》になっている。

「ハンカチにもう染《し》みが広がっているぜ」

布の上からも執拗《しつよう》に先端を弄《いじ》りながら、利明はもっと夏樹を羞恥《しゅうち》に赤くさせた。

「……お願い、もう、顎が疲《つか》れた」

奥の強烈《きょうれつ》な痒みのせいか、夏樹が珍《めず》しく弱音を吐《は》いて哀願する。

「これ以上はできない」

「まだだ」

「利明！」

夏樹はううっと肩を喘がせて泣き、たまらなそうに腰を振《ふ》る。

利明の方は大いに楽しんでいた。

プライドの高い夏樹がここまでなりふり構わなくなるなど初めてだ。

さんざん焦《じ》らした後で、やっと夏樹に、痒くて爛《ただ》れそうになっている窄まりの中を、利明のもので鎮《しず》めるのを許した。

許したと言っても、夏樹には新たな責め苦で、初めての騎乗位《きじょうい》で自分から利明を収めていくのは大変なことのようだった。恥ずかしい姿を利明に曝《さら》さなければいけないし、前は痛々しく縛り上げられたままなのだ。

夏樹が利明を根本まで入れてしまっても、利明は腰を動かそうとしなかった。

恥《はじ》も見栄《みえ》も捨て、夏樹は自分で腰を揺《ゆ》すり立て、抜き差しのさまを逐一《ちくいち》利明に見られながら、体の火照りをどうにかして鎮めようとしていた。

ずっと泣いているので、長い睫毛《まつげ》はぐっしょり濡れて重そうにしている。瞬《まばた》きするたびにポトポトと雫《しずく》が落ちてくる様子が綺麗《きれい》で、利明は非情極《きわ》まりないが見とれてしまっていた。

夏樹の頬が紅潮しきり、額に汗《あせ》を浮かばせているのを見た利明は、限界だと悟《さと》って前のいましめを解いてやった。

あからさまな嬌声《きょうせい》が夏樹の唇から迸《ほとばし》り出る。

快感を追いかけるのに夢中で、もう何も考えられないように恍惚《こうこつ》としている。

利明自身も冷静に観察している余裕《よゆう》をなくしていき、夏樹の体をシーツに押し倒《たお》して体勢を入れ替《か》えると、改めて正常位で挿入し直した。

夏樹の達《い》くときの表情を見ながら責めるのが好きなのだ。だからどうしても最後はこの形を取ってしまいがちになる。一度味を占《し》めてからはずっとそんな傾向《けいこう》になっていた。

細い夏樹の腰《こし》を抱《かか》え上げて、強靭《きょうじん》な筋肉で覆われた自分の腰で責め立てる。

夏樹が自分で必死になって抜き差ししていたときとは、パワーもスピードもまるで段違《だんちが》いである。夏樹は怖《こわ》いと繰り返し、泣きながら利明の背中に両腕を回してしがみついてくる。吹《ふ》き飛ばされてしまうような快感が体の奥から湧き上がり、空から投げ落とされるような錯覚《さっかく》に襲《おそ》われるらしい。夏樹の狂乱《きょうらん》ぶりは凄《すさ》まじかった。

利明も混乱した夏樹を抱《だ》き締めながら、これまで感じたこともない快感を味わった。

肌《はだ》と肌を合わせて抱き合うのがこんなにいいとは知らなかった。

これは学校でしなくて正解だったのではないだろうか。

どんどん上り詰《つ》めていっていた夏樹が、後ろを責められただけで達してしまった。同時に失神してしまう。

前後するタイミングで利明も夏樹の中で逐情《ちくじょう》した。

真夜中、利明はトイレに立ったついでにミネラルウォーターのペットボトルを持ってきた。自分が喉《のど》を渇《かわ》かせているのだから、当然夏樹もそうだろう。

利明は夏樹の額に打ち掛《か》かっている髪《かみ》を払《はら》ってやり、口移しででも飲ませてやる方がいいのかどうかしばし悩《なや》んだ。

もしそんなことをして夏樹が起きたら、と思うと、やはり二の足を踏《ふ》んでしまう。

気まずいのはごめんだった。

たぶん、渇きで目が覚めたら自分で飲むだろうと結論づけ、サイドテーブルに置いておく。

まだ二時過ぎだ。

夏樹の隣《となり》に横になり、薄《うす》い夏掛けふとんを引き揚《あ》げかけたとき、夏樹が何事か呟《つぶや》いて顔をこちらに倒してきた。

寝言《ねごと》のようだ。

じっと見つめていると、また夏樹が唇を開いたので、今度は耳を澄《す》ませて聞き取ろうとした。

「……とし、あき……」

呟き声は確かに利明の名を呼んでいた。

利明は一瞬《いっしゅん》信じられなかった。

夢の中でどんなつもりで利明の名を呼ぶのだろう。夢でも利明に凌辱《りょうじょく》されて泣いているのだろうか。

そう思っていたら、本当に夏樹の頬《ほお》に涙《なみだ》が筋をつくって落ちてきた。

「夏樹」

たまらなくなって利明はその涙を指の腹で拭《ぬぐ》い取った。

「利明……好き」

思わず指が止まる。

まさか、と愕然《がくぜん》とする思いだった。

夏樹が利明に好きなどと言うはずはない。好きなのは洋二のはずだ。なぜここでこんな言葉を聞かされるのか。

わからない。

利明は激しく混乱していた。

もしかすると、自分はとんでもない間違《まちが》いをしでかしていたのでは、という恐《おそ》ろしい可能性に気づいてしまった。

書記の近見が夏樹にネガの保管場所を訊《き》いてきたのは、週が明けてすぐだった。

「あのときの写真を一枚紛失《ふんしつ》してしまったんですよ。顧問《こもん》から抜けてるぞって指摘《してき》されて書類を突っ返されちまいました。ネガは相川先輩《せんぱい》が保管しているんですよね？」

表情にこそ出さなかったものの、夏樹は大いに慌《あわ》てた。

まさか今さら焼き増しが必要になるなどとは思ってもみなかった。

あのネガには例の写真が含《ふく》まれている。衝動《しょうどう》に駆《か》られて後先考えずにシャッターを押してしまったツケがこんなにまで尾《お》を引き、夏樹をどんどん追いつめていく。夏樹は努めて平静を装いながら、内心では心臓を激しく打たせていた。

「どの写真をなくしたんだ？」

「えーっと、野球部のバックネットが破れている箇所《かしょ》を写したやつですけど」

「ああ。じゃあおれが写真屋に焼き増しを頼《たの》んでおくよ」

え、と近見は意外なことを聞かされたというように変な顔をする。

夏樹もまずいとわかっていたのだが、どうしようもない。

ネガを近見に預けるわけにはいかなかった。見られたら一発でばれてしまう。

「ちょうど他《ほか》にも現像に出す予定のフィルムがあるんだ。ついでだからおれがしておくよ」

「はあ、そうですか。じゃあ……お願いします」

近見は思いっきり不審《ふしん》を丸出しにした声でそう言った。

その場はそれで収まったものの、夏樹には後味が悪いことこのうえなかった。

どうしよう、困ったことになった、と頭の中を不安がぐるぐるする。もしも近見にまで気づかれてしまったらと想像すると、今以上に悪化した事態が浮《う》かんでくる。一級下の近見とはそれほど親しく付き合っているわけではないが、ときどき彼が粘着質《ねんちゃくしつ》な目つきで夏樹を見るのには気づいていた。どういう思惑《おもわく》があるのかは聞いたことがない。必要以上に関《かか》わり合いになると面倒《めんどう》な気がして素知らぬ振《ふ》りを通してきた。

たまらなく嫌《いや》な予感がする。

夏樹は間の悪さに情けなくなった。

こんなことになるのなら、利明に見つかった時点で彼にすべて打ち明けてしまっていればまだよかったのだ。そうすれば少なくとも利明の誤解だけは解けていたかもしれない。しかしそれも今となってはあまりにも手遅《ておく》れに思われた。利明は五月からずっと夏樹を軽蔑《けいべつ》して怒《おこ》っている。彼の怒りは一過性のものではなく、二カ月が過ぎても酷《ひど》くなる一方のようだった。

利明に辛《つら》く当たられるだけでも苦痛なのに、もし近見にまで脅《おど》されるようなことになれば、夏樹の心労は二倍にも三倍にもなるだろう。

しかも、そのときには、利明に対してまた新しい隠《かく》し事をすることになる。

眩暈《めまい》がしそうだった。

近見が何も勘繰《かんぐ》ったりしないようにと祈《いの》るような気持ちで考える。

それしか夏樹にできることはなかった。

このまま何事もなく近見をかわせると思うのは楽観的だと夏樹自身も思っていた。

案の定、近見は含《ふく》みを持たせた顔つきで夏樹に写真屋から取ってきた袋《ふくろ》を差し出してきた。夏樹が受け取りに行く直前のことだった。

「ついさっき別の用事もあって写真屋に行ってきました。これも仕上がっているって言われたんで取ってきたんですけど……べつによかったですよねぇ……相川先輩？」

すでに近見が中身を確認《かくにん》しているのは明らかだ。わざととしか考えられないほど思わせぶりな間の持たせ方をする。いつもに比べると目つきにもずっと陰湿《いんしつ》な色があった。夏樹は覚悟《かくご》を決めて近見を見返す。

「焼き増しの写真はそれで間違いなかった？」

「ああ、ええ。これでした」

そんなことは忘れていたとばかりに近見が気のない返事をする。この期《ご》に及《およ》んで往生際《おうじょうぎわ》の悪い夏樹に呆《あき》れたようだ。夏樹の本質を知らない者は、夏樹のことを几帳面《きちょうめん》でしっかりしていて柔和《にゅうわ》な性格、とだけ思っていることが多い。実際はかなりの強情《ごうじょう》っぱりなのだが、外見からは想像がつかないのだろう。

「それはともかくとしてですね」

近見は夏樹の目を覗《のぞ》き込むようにする。

できることならば逸《そ》らしてしまいたいところを、夏樹は気持ちを奮い立たせて耐《た》えた。

定例会も何もないときの生徒会室には、めったなことでは誰も現れない。今日わざわざ近見に呼び出された瞬間から、夏樹にはこうなることがわかっていた。

「ネガの中に変なものが交じってたんですよ」

そう言いながら近見は、夏樹が受け取ろうとしなかった袋の中身を、これ見よがしに摘《つま》み出してみせる。

見せられたくない、と夏樹は恐れてしまった。

もうそのネガは二度と目にしたくないのだ。ほんの一瞬欲情を抑《おさ》えきれなかったために、どれだけ苦い気分を味わわされたかわからない。ましてやここで近見にわざわざ確かめさせられるのなど、自制心を試されるようなものだ。

夏樹の微妙《びみょう》な表情の変化に、近見は少しだけ満足したらしい。

「これ、先輩が撮《と》ったんですよね?」

いよいよ本題に入っていく。

「前後の写真からして、俺がトイレかどっかに行ったときですよね」

「近見」

じわじわと真綿で首を絞《し》めるような責められ方にがまんできなくて、夏樹は近見を遮《さえぎ》って言った。ここは正面から対峙《たいじ》するほかない。

「なにが言いたいんだ。はっきりと核心《かくしん》を言ってくれないか」

夏樹のしっかりした声音に近見はちょっと不意打ちを食らった顔をする。夏樹がこんなふうに気の強いところを見せるとは思わなかったのだ。

近見はへぇえ、と面白《おもしろ》そうな表情を浮かべ、ニヤニヤと嫌な笑い方をした。

「先輩も意外と厚顔《こうがん》なんですね。はっきり言っちゃっていいんですか。俺としては先輩の恥《はじ》を最小限に抑えてやろうと遠慮《えんりょ》してたんですけどね」

そんな気遣《きづか》いは無用なんですね、と肩《かた》を竦《すく》める。

「じゃあズバリ言わせてもらいます。先輩って、こういう趣味《しゅみ》の男だったんですね」

「こういう趣味？」

無駄《むだ》な抵抗《ていこう》、ほんの少しの時間稼《かせ》ぎにしかならないとわかっていても、夏樹にはそう問い返すしかない。

「ホモってことですよ、ホモ。男なのに男とセックスしたがる男のことです」

「近見、声が大きい」

夏樹が思わず周囲を憚《はばか》って言うと、近見は鬼《おに》の首を取ったかのように喜んだ。嗜虐《しぎゃく》的な匂《にお》いのする笑《え》みを顔中に浮かべる。

「先輩《せんぱい》がホモだってわかったら全校中大騒《おおさわ》ぎになるだろうなぁ。なんと言っても、相川先輩は下級生の憧《あこが》れの的ですもんね。自分でも自分の顔が綺麗《きれい》なの、自覚してんでしょ？　きっと先輩となら一度はって思ってる連中も少なくないはずですよ」

「悪いけど、興味ないんだ」

「興味があるとかないとかは先輩の決めることじゃない場合ってのもあるんじゃないですかね」

夏樹は顔を顰《しか》めた。

これは完璧《かんぺき》に脅しだ。しかも心なしか近見の口調には慣れた感じがある。

「どうですか、今度の場合は？」

近見は今や夏樹の狼狽《ろうばい》をはっきりと感じるらしく、ますます強気になっていく。

「これはとてもまずいんじゃないかなぁ。だって……」

近見がネガを取り出した。

折り畳《たた》まれていたのをわざわざ開いて、夏樹の鼻先にぶらぶらと振りかざす。

「ほらね、これ。見えますか？　逞《たくま》しい男の裸《はだか》ですよ、裸。背中だけしか写ってないけど、こんなに筋肉がぴっちりと付いてる。ホモってこういう男らしい体が好きらしいですね。噂《うわさ》には聞いていたけど」

「やめてくれないか」

とうとう夏樹は低い声で制止していた。

しかし近見は図に乗るだけだ。

「すごいですよね、この写真。場所はクラブハウス？　どこの部かなぁ。こっちの影《かげ》は入り口の扉《とびら》みたいだから、隠し撮《ど》りってことでしょ。撮られたやつはもちろん全然知らないわけだ」

イヒヒ、と近見がいやらしく笑う。

「これ誰なんですか。先輩はこの男が好きなんだ？」

「違《ちが》う」

「だったら男なら誰でもいいってことですか」

「違う！」

夏樹はたまらなくなって激しく首を振った。

ひどい暴言だ。

なぜこんなことを言われないといけないのだろうかと思い、自分が惨《みじ》めでたまらない。

利明に言い訳したように「出来心だ」とか「魔《ま》が差した」とは言いたくない。近見にそんなことを言っても、嬉《うれ》しがらせるだけだ。

「ねぇ、相川先輩」

近見がネガを丁寧《ていねい》に袋にしまい、大切そうに横の作業台にのせる。

そうして手ぶらになると、夏樹にずいと近づいてきた。

「この写真で夜な夜なあんなことやこんなことをしてたんですね。一人で寂《さび》しかったんでしょ？　好きな人に想《おも》いを打ち明けにくいのもわかりますよ」

「話がそれだけなら……」

「話はこれからです！」

近見は夏樹の言葉をぴしゃりと遮る。

顔が険悪になっていた。

まだ参ったと素直《すなお》に覚悟を決めない夏樹に苛々《いらいら》しているようだ。きっと最初の算段では、ここまで追いつめればあっさりと夏樹が縋《すが》ってくると思っていたのだろう。

「先輩は頭がいいようで物分かりの悪い男ですね。まだわからないんですか。俺がこの写真を焼き増しして新聞部にでも持ち込めば、一大スクープですよ。当然先輩はリコールされたうえに職員室か校長室に呼び出され、最悪の場合退学処分だ。だってこれ、盗撮《とうさつ》ですよ。現行生徒会役員が、誰だか知らないけど着替《きが》え中の男の裸を盗《ぬす》み撮りしてるわけですからね」

「もういいから！」

夏樹はこれ以上耐えられなかった。

噂や処分を恐《おそ》れているわけではない。

こうして延々と近見に責められ続けるのががまんできないだけだ。

「おれにどうしろと言うんだ」

近見はもう一歩夏樹に詰《つ》め寄ってきた。

二人の間にほとんど距離《きょり》がなくなる。

「俺はべつにホモじゃないつもりだけど先輩となら付き合ってみたいな。筋肉隆々《りゅうりゅう》の野郎《やろう》なんてとても趣味じゃないけど、先輩の裸は綺麗そうだ。女の子とそんなに変わらないみたいだし」

「変わらないわけないだろう」

夏樹は近見の思考回路についていけない。ある程度綺麗なら男でも女でも同じだとでも言いたいのだろうか。そういう気持ちは夏樹には理解不能だ。なにより、屈辱《くつじょく》的な言われ方だと思う。近見の発言はあまりにも夏樹の人格を無視しており、失礼極《きわ》まりない。

「女の子が好きでホモに興味がないんなら、おれのことは放っておいてくれ」

「そうはいきませんよ」

「噂でも職員室でもなんでも構わない」

近見に迫《せま》られるよりはましだった。

「俺がそれで納得《なっとく》するとでも思っているんですか？」

もちろん思っていない。

しかし夏樹にはそう言うしかないのだ。

「お互《たが》い、大人《おとな》の付き合いをしましょうよ」

近見はとうとう夏樹の腰《こし》に腕《うで》を回してくると、気持ちの悪い猫《ねこ》なで声を出してきた。

これほど欲望に忠実な男だとは考えもしなかった。

夏樹は近見を甘く見ていたことを後悔《こうかい》した。

普通《ふつう》にしているときには特に好きでも嫌《きら》いでもない印象しか持っていなかったのだが、ひとたび相手の弱みを握《にぎ》るとこんなに汚《きたな》いことができる男だとは知らなかった。知りたくもなかった。よくよく考えれば、近見から見た夏樹も同じようなものなのだろう。近見は驚《おどろ》き、これを千載一遇《せんざいいちぐう》のチャンスだとでも思ったのだ。夏樹に魔が差したように、近見にも悪魔《あくま》が囁《ささや》いたのかもしれない。

「それが先輩にとっても一番いい方法じゃないですか。俺をホモに巻き込めばいいんですよ。そうすれば俺だって先輩がホモだなんて人に言いふらして歩けない。まぁ俺はあの写真の男みたいに立派な体格はしてないけど、少なくとも先輩がこの細くて綺麗な指でここを弄《いじ》るのよりはよほど気持ちよくしてあげられますよ」

ここ、と言うとき、近見は大胆《だいたん》にも夏樹の股間《こかん》を軽く掴《つか》んできた。

夏樹は咄嗟《とっさ》のことに避《さ》けきれず、ビクンと腰を揺《ゆ》らしてしまう。

近見の思う壺《つぼ》だった。

「へぇ、先輩って敏感《びんかん》なんだ」

「後ろも弄るんですか」

近見に耳元でいやらしく囁かれ、夏樹は怖気《おぞけ》がした。

首筋から背筋にかけて悪寒《おかん》が駆《か》け下りる。

夏樹は腰に回されたままの近見の腕から逃《のが》れようと身を捩《よじ》ったが、逆に引き寄せて抱《だ》き込まれてしまう形になる。近見は決して体格のいい男ではないが、それでも縦も横も夏樹よりは大きかった。

「先輩は意外と好きそうですね。なんか、ぞくぞくしてきた」

近見の目ははっきりと欲情していた。

夏樹は必死で近見の胸板《むないた》を押しのけようと藻掻《もが》く。

しかしその抵抗《ていこう》も、近見の失笑《しっしょう》を買っただけだった。

「こうみえても俺は中学の時ずっと体操部にいたんですよ。腕の力は強いんです」

言うなり、その言葉を証明するかのように強く抱き竦《すく》められた。

「やめろ、近見！　放せ」

「先輩のこと、二人っきりの時には夏樹さんって呼んでもいいですか」

「嫌《いや》だ」

近見は夏樹のきっぱりした拒絶《きょぜつ》にカチンときたようだ。

眦《まなじり》が吊《つ》り上がったのですぐわかる。

「往生際《おうじようぎわ》の悪い人だな、先輩も」

「いやっ、やめろ！」

近見の顔が近づいてきて、今にも唇《くちびる》を塞《ふさ》がれそうになる。

夏樹は頭を精いっぱい後ろに反らして左右に動かし、近見の唇を避けた。

「くそっ」

痺《しび》れを切らした近見が片方の手で夏樹の顎《あご》を真下から持ち上げ、強い力で固定してしまう。

「ああっ」

唇が下りてきて、キスされる、と目を閉じたと同時に、まさかのタイミングでいきなり生徒会室の扉がガチャリと開かれた。

「おい。ここでなにをしているんだ！」

利明だった。

近見が夏樹の体を突《つ》き放すようにして離《はな》れる。

夏樹は窮地《きゆうち》を脱《だつ》したという安堵感《あんどかん》に胸がいっぱいで、利明の恐《こわ》い声も耳を素通《すどお》りする。

「相川に用事があるんで捜《さが》していたら、例会でもないのにこんな場所にいたのか。二人でなにをしていた？」

利明が厳しい声で近見を追及《ついきゆう》している。

近見は突然《とつぜん》のことにしどろもどろだった。

「あの、あの、書類作成でわからないところがあって……」

「書類？　なんの？」

「備品購入申請書《こうにゅうしんせいしょ》、です」

ようやく気を落ち着けたらしく、近見もスムーズに返事をし始める。

「それで相川先輩《せんぱい》にいろいろとお聞きしていたんです」

「それなら去年の書記をしていた三年の町田《まちだ》に訊《き》いた方が早い。町田はまだ図書室に残っていたぞ」

利明は暗に出ていけ、と言っているのだ。

近見もすぐに察したようだ。

二人が非常識なほど接近していたことには利明が触《ふ》れないので、それだけでも今すぐ出ていく理由になっただろう。ぐずぐずしていればそのことでまた責められるかもしれないのだ。

失礼します、と近見は逃《に》げるように出ていった。

最後までちらちらと夏樹を未練がましく眺《なが》めていたので、まだこれで退《ひ》く気はないようだ。

利明と二人で生徒会室に取り残されると、夏樹は改めて居心地《いごこち》が悪くなった。

利明が怒《おこ》っているのは、憎《にく》らしそうに夏樹を睨《にら》みつけてくる瞳《ひとみ》が十分すぎるほど教えてくれている。

俯《うつむ》き加減で立ち尽《つ》くす夏樹の前に、利明が大股《おおまた》に歩み寄ってきた。

ハッ、と顔を上げた途《と》端《たん》、パシーンと手加減なしに頬《ほお》を弾《はじ》かれた。両頬を往復で殴《なぐ》られる。

平手だったが、頬が熱を持ってズキズキとしてくるほど力が入っていた。

そのまま胸ぐらを掴み上げられる。

「近見のやつとここで乳繰《ちちく》り合っていたとは呆《あき》れた恥知《はじし》らずだな」

「してない、そんなこと!」

打《ぶ》たれたショックも冷めやらず、夏樹はいつになく昂奮《こうふん》した声で言い返していた。

「じゃあさっき抱き合っていたのはなんだ」

夏樹は頭が混乱していて、どう答えればいいのかすぐにはわからなかった。

答えを躊躇《ちゅうちょ》する僅《わず》かな間すらも利明には許せなかったらしい。

恐《おそ》ろしく凄《すご》みのある声で耳元に、

「そっちがその気なら、覚悟《かくご》しておけ」

と言うなり、突き飛ばされる。

反動で夏樹は尻餅《しりもち》をついて床《ゆか》に倒《たお》れ込んだ。

その隙《すき》に利明はドアの鍵《かぎ》をかけに行く。

夏樹は利明の大胆さに真っ青になった。

「やめろ。近見が。近見が戻《もど》ってきたらどうするつもりだ!」

「そのときはドアを開けて見せてやるさ」

夏樹はあまりのことに絶句した。

利明が本気なのは明らかだ。何を言ったところで、このまま黙《だま》って夏樹を許すとは考えられない。

「脱《ぬ》げよ」

利明の冷酷《れいこく》な一言が夏樹を打ちのめす。

「ズボンと下着だけ下ろしてその場で四つん這《ば》いになって尻《しり》を上げろ」

「お願いだから、利明。おれの家で……」

「早くしろよ！」

夏樹は怒鳴《どな》られて息を詰《つ》めた。

これ以上ぐずぐずしていれば、もっと利明を苛立《いらだ》たせて残酷《ざんこく》にさせるだけである。

すでに今日はソファに連れていく気も起こしていない。

このまま床に這い蹲《つくば》らせて犯《おか》す気なのだと思うと、屈辱《くつじょく》感と恐怖《きょうふ》感に体が震《ふる》えそうになる。

逃れる方法はなかった。

利明の目にも夏樹の羞恥《しゅうち》と屈辱が普段《ふだん》以上に激しいのがわかる。

たぶん、夏樹はいつも自分一人が全裸《ぜんら》にされて利明の方は前を崩《くず》すだけ、というのを恥《は》ずかしくて嫌だと思っていたのだろうが、こうしてズボンを下着ごと太股《ふともも》の途中《とちゅう》まで下ろしただけの格好で尻を突き出させるのも相当に恥辱《ちじょく》を煽《あお》ることに気づいたのだ。

実際、夏樹の姿は惨《みじ》めなものだった。

叩《たた》かれて赤みの差した片頰を床に擦《こす》りつけ、白い腰《こし》を剝《む》き出しにしたまま高く掲《かか》げさせられている。体を支えているのは両膝《りょうひざ》と肩《かた》と頰だけだ。両腕《りょううで》は利明が背後に回させて摑《つか》み取っている。

利明はちっとも素直《すなお》にならない夏樹がもどかしく、腹立たしくてたまらなかった。

素直でないと言えば自分の方こそそのとおりなのだが、こういう場合、それを無視するのはありがちなことだ。利明もそうだった。

あの聞き間違《まちが》いかもしれない寝言《ねごと》のことで頭がいっぱいになっている。

ちゃんと夏樹の口から、もう一度あの言葉を聞き出したい。

しかしそれには多少の強引《ごういん》さと無理が必要なのは明白だった。

利明も夏樹が近見といちゃついていたなどとはハナから思っていない。これは単なる口実なのだ。もちろん近見の言葉をすんなりと信じるほど間抜《まぬ》けでもないから、それを聞き出すという名分もある。

「近見はなにを言ってきたんだ」

ぎりっと手首を捻《ひね》り上げながら訊く。

夏樹は痛みに低く呻《うめ》いた。長い睫毛《まつげ》が震えている。

「例の写真のことがバレでもしたんじゃないだろうな?」

当てずっぽうで言っただけだったが、夏樹の肩がビクッと反応したので、利明はまさかという思いで啞然《あぜん》となり、忌々《いまいま》しく舌打ちしていた。

これまであの写真を撮《と》った経緯《けいい》について夏樹から聞き出したことがなかったのを後悔《こうかい》する。

利明はすっかりそれを失念していたのだ。一目見て洋二だ、とわかった瞬間《しゅんかん》に頭に血が上り、他《ほか》のことは考えられなくなっていた。その後もひたすら夏樹をいたぶるだけで、このことは二人だけの秘密だと信じて疑いもしなかった。

よく考えれば、写真にはネガがある。

そして校内で撮影《さつえい》している以上、どういうきっかけであれを撮ったのかにも疑問を持って然《しか》るべきだったのだ。

近見、という男の出現が、利明にすべてを悟《さと》らせた。

ちょっと考えれば一目瞭然《りょうぜん》である。

「おまえはなんて大胆《だいたん》なんだ」

利明は侮蔑《ぶべつ》を隠《かく》さないで夏樹を責めた。

「それで備品購入申請書だと近見のヤツが言ったんだな。四月におまえと二人で校内を見回って備品点検をしたんだったたな。おまえ、近見の隙をついて洋二の裸《はだか》をそのときのカメラに収めたのか。いくらなんでも、そんなばかげた事情だとは思わなかったぞ」

夏樹はしっかりと唇《くちびる》を噛《か》みしめたまま無言でいる。

言葉の返しようもないらしい。

「それほど洋二が好きなのかと思うと……おまえがかわいそうになるな」

いつもなら、違《ちが》う、とすかさず反論するところだったのに、夏樹にはすでにその元気もないようだ。

利明としてはここでまた、違う、そうじゃない、と言ってほしかった。

今まで単なる抵抗《ていこう》にすぎないと受け取っていたその言葉が、実は夏樹の本心だったのだということを、もう一度ちゃんと確かめたい。しかし今の夏樹は柄《がら》にもなく気落ちして諦《あきら》めてしまっているので何一つ言い返さない。利明は少しも自分の思い通りに運ばない展開に腹立たしくなる。

贅沢《ぜいたく》を言えば、好きなのは洋二ではない、と白状させ、それに続く言葉も聞きたいくらいだった。利明は夏樹の口から、洋二に背格好の似た利明のことが好きなのだ、と言わせたかった。はっきりと言ってもらわない限り、いつまで経《た》っても半信半疑で宙にぶら下げられたままだ。そういう状態が長く続くのはありがたくない。かといって自分から素直になる気はないのだから、利明もたいした自分勝手ぶりである。

「ネガをあいつに見られたんだな？」

夏樹が迷いを振《ふ》り切るように頷《うなず》いた。

この期《ご》に及《およ》んでごまかしても仕方がないと観念したのだろう。

「どうするつもりだ」

「……どうもこうもない。べつに近見はそれでおれをどうにかしようなんて卑劣《ひれつ》なことは考えていないはずだ」

「それは俺に対する皮肉のつもりか」

利明は内心、嘘《うそ》つきめ、と夏樹を思いっきり罵《ののし》っていた。

さっきの二人の雰囲気《ふんいき》からして、近見が夏樹に何も要求していなかったはずがない。近見はかなり俗《ぞく》っぽい男だ。しなくても免《まぬか》れそうなことはしないというちゃっかりした面を何度か見たことがある。裏に回ればそれなりに汚《きたな》いことをしているのも耳に入れていた。いわゆる損得勘定《かんじょう》のはっきりした世渡《よわた》りのうまいタイプなのだ。そんな男と比較《ひかく》されて向こうを庇《かば》われては利明のプライドが承知しない。

「どうせ俺は卑劣漢だ」

言うなり、利明は夏樹の両手を剝き出しの尻にあてがわせた。

白い開襟《かいきん》シャツの裾《すそ》を捲《まく》り上げたせいで、肉の薄《うす》い小さな尻は丸見えになっている。利明が自分の膝を脚《あし》の間に入れて夏樹の両膝を左右にずらさせると、割れ目が開いて秘めやかに隠れている窄《すぼ》まりまで露《あらわ》になった。

「自分の手で穴を広げてみせろ」

「利明っ！」

夏樹は非難するような声を出す。

「中をちゃんと捲り上げて、俺に舐《な》めてと頼《たの》めよ」

「嫌《いや》だ」

強情《ごうじょう》に首を振り、憤慨《ふんがい》するあまり震えている手を利明からもぎ離《はな》そうとする。利明はさせまいとして、もっと力を入れて夏樹の両手を押さえつけた。

「痛っ……痛い」

「おまえが素直じゃないのが悪いんだろうが。ほら。こうして恥ずかしい部分を広げてろ」

無理やり夏樹の細い指を尻にかけさせ、左右に開かせる。

夏樹がくぐもった嗚咽《おえつ》を洩らした。

これまで何度も利明の蹂躙《じゅうりん》を受けてきた部分が、目の前に剝き出しになる。

いつ見ても強烈《きょうれつ》に淫靡《いんび》な眺《なが》めだった。

夏樹もそこに空気が触《ふ》れるので、恥ずかしくてたまらないのだろう。自分でも確かめたことがない部分を利明に見つめられていると思うと、それだけで泣き出したいような気持ちになっても当然だ。

「開いていろ。これはおまえが俺を怒《おこ》らせた仕置きだ」

勝手な理屈《りくつ》を作り、あくまでも冷たく、利明は夏樹に命じた。

夏樹は不自由な姿勢を強《し》いられ、おまけに恥ずかしい限りの仕打ちをされ続け、悔《くや》しさに唇を噛んで耐《た》えている。

逆らっても、力尽《ちからず》くで挑《いど》まれれば利明に敵《かな》うはずがないことを知っているのだ。

酷《ひど》いことをしているということを自覚していながら、利明は夏樹を前にするとどうしても欲望と嫉妬《しっと》を募《つの》らせてしまう。あと少し利明が来るのが遅《おく》れていたら、夏樹は近見にキスされていたかもしれない。それを考えると腸《はらわた》が煮《に》えくり返るのだ。利明は自分の激情をなかなか抑《おさ》えられなかった。

夏樹が震《ふる》えながら開いてみせている窄まりに、利明は躊躇《ためら》いもなく唇を寄せた。

「ああっ」

夏樹の細い腰《こし》が揺《ゆ》らぐ。

構わず利明は繊細《せんさい》な襞《ひだ》の周囲にキスをして、唾液《だえき》をまぶした舌で舐めた。

「うう、あっ、あっ、あ」

艶《なま》めいた声が唇から次々と洩《も》れてくる。

利明はもっと聞かせてほしいと思い、熱心に夏樹の恥《は》ずかしい部分を責め続けた。汗《あせ》と微《かす》かな体臭《たいしゅう》が利明の鼻孔《びこう》を刺激《しげき》する。それによってますます官能を擽《くすぐ》られ、夏樹の全部が愛《いと》しく感じられる。知らないところがないように探《さぐ》ってしまう。

尖《とが》らせた舌先で捲れ上がった内側の粘膜《ねんまく》をつつき回すと、夏樹の乱れ方は一段とひどくなる。

感じてしまうのと恥ずかしいのとで混乱しているようだった。

「いや、いや、やめてっ、利明、やめろ……あ」

「なんだ、今さら」

夏樹の指からはすでに力が抜《ぬ》けてしまっている。

利明は左手で入り口を広げ、右手の人差し指を十分《じゅうぶん》に濡《ぬ》れている中にねじ入れた。

「あああ、あ」

ビクビクと肩《かた》が揺れ動く。薄い夏物の開襟シャツ一枚に隠された夏樹の背中も、刺激を受けるたびに敏感《びんかん》な反応を示す。夏樹の額はすでにうっすらと汗ばみ、睫毛《まつげ》には涙《なみだ》の粒《つぶ》が浮《う》かんでいた。

「夏樹」

人差し指をぐるりと回しながら中で折り曲げ、夏樹の喘《あえ》ぎを楽しむ。

「おまえのこと、もっとうんと苛《いじ》めてやる」

音をたてて腰や尻《しり》にいくつもキスを浴びせつつ意地悪なことを言うと、夏樹は嫌だと繰《く》り返しながら髪《かみ》を振り乱す。

「好きなくせに」

「違う」

「なにが違うもんか。俺の指だってこんなに喰《く》い締《し》めているじゃないか」

おまえは淫乱《いんらん》なんだ、と利明は決めつけた。

言葉で嬲《なぶ》られるのも刺激になるのか、夏樹はぶるっと顎《あご》を震わせて、溜《た》まっていた目尻《めじり》の涙を床《ゆか》に振り零《こぼ》した。

利明は綺麗《きれい》だなと感嘆《かんたん》してしまい、自然な仕草で夏樹の頬《ほお》を手の甲《こう》で撫《な》でていた。

頬の腫《は》れは打《ぶ》った直後よりは引いている。かわりに快感のために薄桃色《うすももいろ》に紅潮していて、それがまたほのかな色香《いろか》を感じさせる。

「そろそろ挿《い》れてやろうか。もう欲しくて欲しくてしょうがないんだろう?」

「……いらない」

「嘘をつくな」

「あっ!」

夏樹の濡れそぼっている先端《せんたん》の割れ目を指の腹で弄《いじ》り回してやる。

ぬちゃぬちゃといやらしい音がして、夏樹は低く呻《うめ》いた。

「あ……あ、あ」

「自分で弄っていいぞ」

「いい。いやだ」

「遠慮《えんりょ》するな」

利明はだらりと脇《わき》に垂れていた夏樹の右手を掴《つか》み、強引《ごういん》に前を握《にぎ》らせる。最初は抵抗していた夏樹も、利明が許さないとわかると、おずおずと自分の意志で指を絡《から》ませた。

どのみち、快感に弱い体をしている夏樹がそんなに長く強情を張ったまま理性を保っていることなど、できはしないのだ。嫌と言いながらも結局は利明の律動に合わせて腰を揺すり立てて泣きじゃくる。最後はいつもそうだった。

夏樹は間違《まちが》いなく淫乱な性をしていた。

そして利明もそんな夏樹が以前にも増して好きだ。利明の指や舌に感じて啜《すす》り泣く夏樹はかわいい。普段《ふだん》が取り澄《す》まして反抗《はんこう》的なだけに、落としてやった、という征服《せいふく》感で満たされる。

一度自分の指で触《さわ》ってしまうと、夏樹も誘惑《ゆうわく》に抗《あらが》えなくなったようだ。よく知り尽《つ》くした快感のポイントを弄り、艶《つや》の混じった吐息《といき》をつく。早く解放されたくてたまらないらしい。

「弄るのはいいが勝手に達《い》くなよ。俺より先に出したらもう一度やり直させてやる」

利明は夏樹に釘《くぎ》を刺《さ》しておく。

辛《つら》そうに頷《うなず》く夏樹を見るだけでも利明はぞくぞくしてきた。

こんなに綺麗な男が、眉《まゆ》を寄せて必死に快感に耐えながら自分の言いなりになっている。淡《あわ》い桜色をした唇《くちびる》から熱っぽい息を吐《は》く。

唇を塞《ふさ》いでみたい衝動《しょうどう》に駆《か》られた。

夏樹とはまだ一度もキスをしたことがない。

なぜだか、唇を合わせるのは気恥《きは》ずかしくてできないでいるのだ。はっきりと夏樹の気持ちを聞いてからでなければ触れてはいけないような、奇妙《きみょう》な遠慮があった。

夏樹の後ろはすっかり解《ほぐ》れ、物欲しそうにひくひくと蠢《うごめ》いている。

もっと大きくて硬《かた》いものを受け入れたがっているように思えて、利明は自分の前をくつろげた。

利明自身も夏樹の色めいた様子に刺激され、すっかり大きくなっている。窮屈《きゅうくつ》な場所から解放すると、恥ずかしいほど勢いよく飛び出してきた。

節操のない下半身は夏樹のせいだ。

利明は夏樹の中から濡れた指を抜いた。

「んっ、あ」

内側の貪欲《どんよく》な粘膜が嫌がって絡んでくるのがわかる。夏樹の声にも哀願《あいがん》が混じっていた。

「心配するな。すぐにもっといいものを挿れてやる」

夏樹が羞恥《しゅうち》に赤くなる。

もう違《ちが》うとは言わなかった。

自分の指で勃起《ぼっき》を緩《ゆる》く扱《しご》きつつ、期待するような溜息《ためいき》を洩らすだけである。

利明は夏樹のはしたなく収縮している濡れそぼった入り口に、自分の先端をあてがった。

一気に腰を進めて貫《つらぬ》いてやる。

「あああっ、あっ、あ」

夏樹の肩が衝撃《しょうげき》で前にずれていく。

利明は夏樹の腰を自分の腹に引き寄せると、さらに結合を深くした。

「ひっ、あ、あああ、痛い」

「すぐによくなる」

「いや、痛い、そんな奥まで……」

「いつもこのくらい平気だろうが。ほら」

ぐいぐいと奥深くのポイントを突《つ》き上げると、夏樹は悶絶《もんぜつ》して身を震わせた。

もう自分のものを弄っていられる状態ではないようで、両手の指で床を引っ掻《か》くようにする。

利明もがまんの限界だった。

夏樹の中は狭《せま》くて熱くて熟れきっている。

抜き差しのたびに内側が絡んできて、眩暈《めまい》がするほど気持ちがいい。

「夏樹、夏樹」

腰を打ちつけながら、利明は夏樹の名前を呼び続けた。

細い体を揺さぶられている夏樹は、ひっきりなしに喘ぎ声をたてている。気持ちがよさそうなのは眉の形と、解けた唇から洩れる吐息で利明に伝わってくる。ついさっきまで突き上げて抉《えぐ》られる痛みに泣いていたのが嘘《うそ》のようだ。

「この淫乱」

利明は愛しさを込めて夏樹を詰《なじ》る。

卑猥《ひわい》な言葉を使われると夏樹はもっと昂《たかぶ》っていく。

「おまえ、俺が好きか？」

夏樹はびくっと体を反応させたが、涙目で利明を見上げるだけで、強情《ごうじょう》に首を振《ふ》る。

どうすれば夏樹の気持ちを確かめることができるのか、利明はほとほと手を焼いてしまう。こんなふうに責めて言わせようとしても夏樹はかえって頑《かたく》なになる。利明としては夏樹が弟ではなくて自分を好きなのだとほとんど確信しているのだが、ちゃんと言葉にして言わせなければ安心できないのだ。

わがままで自分勝手な男だと思う。

思うのだが、勘違《かんちが》いの強姦《ごうかん》から始まった二人の関係は、そう簡単には修正できない。

今さらどの面下げて、愛している、などと自分から言えるだろう。利明が先に折れて認めれば夏樹も素直《すなお》になるのは想像がつくが、それができないからこそ、そもそもこういうことになっているのだ。

夏樹の呼吸が切羽詰《せっぱつ》まってきている。

「もうだめ、だめ、イク……ッ」

「もう少しがまんしろ」

「あっ、だめ」

利明は乱れる夏樹を見下ろしながら、腰《こし》の動きを緩やかにする。夏樹が恨《うら》めしそうな嗚咽《おえつ》を洩《も》らした。あと少しで達けそうだったところを阻《はば》まれたのだ。

「う、うっ、あ」

「たまにはかわいくしてみせろよ。もっと、とか頼《たの》んでみろ」

「嫌《いや》だ」

「もう嫌は聞き飽《あ》きた。他《ほか》の言葉を言え」

夏樹は首を振る。

さらさらした長めの髪《かみ》が頬に打ちかかって顔を隠《かく》してしまったので、利明は手を伸《の》ばしてそっと払《はら》いのけてやった。夏樹の横顔はすっかり汗《あせ》と涙《なみだ》と埃《ほこり》で汚《よご》れている。

夏樹の呼吸が落ち着いてきた。

利明は自分を含《ふく》み込んで皮膚《ひふ》を張り詰《つ》めさせている夏樹の入り口を、悪戯《いたずら》するように撫でてやる。

「おまえの中に俺が入っている。すごいな。普段はあんなに慎《つつ》ましそうに窄《すぼ》まっているくせに、いざとなったらこんなにいやらしく俺を呑《の》み込むんだから」

「言うなよ、そんなこと」

夏樹が怒《おこ》る。

怒りながらも哀願を含んだ表情が利明の欲望を煽《あお》る。

夏樹は利明の抽挿《ちゅうそう》を待ちわびていた。もっと激しく突いてほしがっている。その証拠《しょうこ》に中でおとなしくしている利明を責めるようにして締《し》め付けてきた。

「……利明」

「今度はここに俺じゃないものも入れてやる」

「利明、頼むから！」

「なんだ」

わざと焦《じ》らしているのは夏樹も承知だっただろう。

夏樹は利明を睨《にら》みつけた。しかし、濡《ぬ》れて欲情しきった瞳《ひとみ》で睨まれても、利明にはねだられているようにしか見えない。

「言えよ」

意地悪く促《うなが》すと、夏樹はきゅっと固く目を閉じて顔を背《そむ》けた。

耳朶《じだ》から首筋まで赤くなっている。

「……頼むから、して。してくれ」

最初からそう言えばいいんだよ、と利明は返し、夏樹の腰を本格的に責めだした。

夏樹がはしたなく乱れる。

もうがまんするのは諦《あきら》めたようだった。

利明は夏樹を思う存分泣かせた。

もっと、と縋《すが》らせ、突いて、と頼ませた。夏樹の口から、もっと奥を激しく突いて、などと言わせただけでも利明は達《い》きそうになる。そこをがまんして長引かせ、夏樹の悦《よろこ》びを際限なく引きずり出してやるのには、忍耐《にんたい》と体力を求められた。

あられもない声で泣きながら、いい、いい、と繰《く》り返す夏樹はもう何も考えていられないようだった。

夏樹の中で達く瞬間《しゅんかん》まで、利明も夏樹を満たしてやることだけに集中していた。

近見のことをどうするべきか、と当面の問題がちらりと頭を掠《かす》めたのは、夏樹とほとんど同時に達ってしまい、細い体を抱《だ》きしめて呼吸を整えているときだった。

夏樹を抱いた後は平然と衣服を整えて生徒会の議事録を捲《めく》りだした利明に、夏樹はひどい虚《きょ》脱《だつ》感を覚えて消沈《しょうちん》した。どうやら突発《とっぱつ》的な仕事でたまたま生徒会室に来たらしい。自分のことを徹底《てってい》して単なる欲求の捌《は》け口として利用する男を、いつまで未練がましく好きでいるのかと哀《かな》しくなる。

のろのろと体を起こし、惨《みじ》めにずり下ろされたままだった下着とズボンをはき直す。利明が中で出したものが下りてこないようにと肛門《こうもん》を締めているので、一時も気を許せない。作業台に摑《つか》まるようにして立ち上がった。

近見が置いていったはずのネガはすでになくなっていた。知らん顔をして棚《たな》の前で調べものをしている利明が取ったのか、それともどさくさに紛《まぎ》れて近見が持っていったのか、夏樹には判断がつかない。

「帰るのか」

こちらに背を向けたまま利明が素っ気なく訊《き》いてくる。

夏樹は躊躇いながらもネガのことを口にした。

「ここに置いてあったものを知らないか」

「ネガのことか」

間髪《かんはつ》入れずに利明が確かめる。

夏樹もそうだと認めた。

「俺が預かっておく」

利明は有無《うむ》を言わせない調子で言い切ってしまった。

少なくとも近見の手に渡《わた》っていないのであれば、夏樹も安堵《あんど》できた。今日受け取ってきたばかりのネガだから、まだ例の写真については焼き増しを頼んではいないはずだ。今頃《いまごろ》近見もしまったと悔《くや》しがっているだろう。夏樹にとっては本当に運が良かった。たとえ利明にこうして殴《なぐ》られて抱かれる羽目になったとしても、近見とキスするよりはずっといい。好きな男にさえまだ唇《くちびる》を許していないのに、近見とするのは絶対嫌だった。

早く中を掻き出してしまいたかったので、夏樹はそのまま手提《てさ》げ鞄《かばん》を持って生徒会室を出た。利明よりも先に部屋を出るのは初めてだ。なんとなく戸惑《とまど》いがあってぎこちなくなる。帰る、と夏樹が断っても、利明はうんともすんとも返事をしなかった。

トイレで始末をして手と顔を洗い、鏡に映る自分を見た。

相変わらず蒼白《あおじろ》くて血の気がないが、頬《ほお》だけは打《ぶ》たれた名残《なごり》で赤みがある。それが逆に夏樹の疲労《ひろう》をごまかしてくれている。利明との淫蕩《いんとう》な行為《こうい》は夏樹をいつも落ち込ませた。本当なら好きな男に抱かれるのだから、もっと高揚《こうよう》とした気持ちになっていいはずだが、結局これも強姦の域を出ない行為なのだと思えば、虚《むな》しくなる一方だ。

もう、思いきって利明に打ち明けようか。

夏樹は気が弱くなるたびにそう思う。

しかし現実には利明の横暴さを目の当《ま》たりにすると、なにくそ、と反発してしまうので、いつまで経《た》ってもこのままで、状況《じょうきょう》を変えられない。

深い溜息《ためいき》をついてドアを引いた。

「ここにいたんですか」

廊下《ろうか》に出たとたん、一番聞きたくない声に出迎《でむか》えられる。

夏樹は近見からあえて目を逸《そ》らした。

近見がそんな夏樹に無遠慮《ぶえんりょ》に近づく。

嫌でも並んで歩く羽目になった。

「さっきまた生徒会室に戻《もど》ったら会長が相川先輩《せんぱい》はもう帰ったと言うから、がっかりしていたところでした」

「そう」

夏樹は冷ややかに相槌《あいづち》だけ打つ。

今日はとことんついていないらしかったので、なんとなく投げ遣《や》りな気分になっていた。

夏樹の冷たい態度にも近見はまるで堪《こた》えていないようだ。

「あの後いろいろと考えていて、もしかするとあの写真、各務会長なのかな、とも思ったんですけれど――」

「違《ちが》う」

近見は途中《とちゅう》で遮《さえぎ》られて驚《おどろ》いたようだった。

「おっかないなぁ、相川先輩。もしかして怒ってるんですか？」

いけしゃあしゃあと訊いてくる近見に、夏樹は恐《こわ》い顔をしてじっと前方を見つめ続けた。これほど厚かましくて執拗《しつよう》な男だとは思わなかった。怒っていないはずがないだろう、との突《つ》っ込みさえ、ばかばかしくてする気になれない。どうせカエルの面になんとかなのだ。

「いや、俺だってそれが違うのは知ってますよ。先輩たちあまり仲がよくないですもんね。まぁそれがカムフラージュだったとしても、そもそも会長はあのとき顧問《こもん》の先生と打ち合わせ中だったし」

ところで、と近見は一番確かめたかったに違いないことを持ち出してくる。

「会長にネガのことを気づかれたりはしてないんでしょうね？」

そんなことを近見が夏樹に訊くのもおかしな話だが、夏樹としてもここは利明との関係を否定するために、あえて嘘《うそ》をつくことにした。

「おれはそんな間抜《まぬ》けじゃない」

近見はあからさまにホッとしたようだ。

夏樹は続けて、ネガは処分した、ときっぱり言い切った。

「そりゃないでしょ、先輩」

「仕方がないじゃないか。きみがあんなふうにおれを脅《おど》してくる以上、いくらあれが生徒会で保管義務のある資料でも、背に腹は代えられない」

「顧問にバレたらどうするつもりです？」

「バレるものか。写真は全部揃《そろ》っているんだし、書類としての体裁さえ整っていれば、誰かがネガを気にする機会なんかまず絶対にない」

やれやれ、と近見は呆《あき》れたように肩《かた》を竦《すく》める。

「案外先輩も融通《ゆうずう》の利《き》く小狡《こずる》さを持ち合わせてるんですね」

「知るか」

「そんなはすっぱな口調はよした方がいいですよ。綺麗《きれい》な顔を歪《ゆが》めるのも似合わないし」

夏樹は苛立《いらだ》ちが募《つの》る一方で、今にも近見を振《ふ》り切って走っていきたい気分である。

近見にも夏樹の気持ちがそこはかとなく察せられたのか、校庭を歩いている真っ最中なのに、腕《うで》を摑んでくる。

「やめてくれないか」

こんな場所で、まだ生徒会室に残っているはずの利明に見られていたらどうするのだ、と焦《あせ》ってしまう。校庭のこの部分は窓から丸見えなのだ。並んで歩いているだけでもまずいのに、これ以上何かされてはたまらない。

夏樹が腕を振り離《はな》して歩調を速めたので、近見も腕を取るのは諦《あきら》め、足取りだけを合わせてきた。

「日曜日に俺とデートしてくださいよ」

そのくらいいいでしょ、と近見が食い下がってくる。

「断る。おれは受験生だから、そんな暇《ひま》はない」

「一日くらい気晴らししても大丈夫《だいじょうぶ》ですよ」

「きみとデートしても気晴らしになんてなりそうにない」

「はっきり言いますね。かわいくないなぁ」

かわいいのが好みなのなら他《ほか》を誘《さそ》え、とむかついたが、さすがにそれは口にしなかった。

「もしかして先輩、ネガを処分したからって俺をうまくかわせると考えていません？」

「どういう意味だ」

不意に夏樹は足を止めていた。

もう校門のそばまで来ている。

ふふん、と近見が意味ありげに笑う。ようやく夏樹の注意を引きつけられて満足しているようだった。

夏樹の頭に嫌《いや》な予感が浮《う》かんでくる。

まさかと思ったが、近見の得意そうな顔を見ていると、それしか考えられない。

「先輩、俺もばかじゃないんですよ。ネガは学校に戻る途中ですぐに確認《かくにん》しました」

やはり近見は夏樹の危惧《きぐ》していたとおりのことを言い出す。

よほど夏樹の態度を不審《ふしん》に感じていたということだろう。

夏樹は唇を噛《か》んだ。

「面白《おもしろ》いものが写っていたのがわかったから、すぐに別の写真屋に持っていきましたよ。いつも学校で使っているところじゃないですよ。だから観念してください」

「……何枚焼いたんだ」

「一枚だけです」

本当なのか嘘なのか夏樹にはわからなかった。どのみち当面の問題は枚数ではない。

「嫌だなぁ、本当に一枚ですってば」

近見はすっかり事態の好転に気をよくしている。

端《はた》から見れば生徒会役員同士で何事か話し込んでいるようにしか見えないだろう。

「その一枚も先輩が俺と付き合ってくれるんだったら、先輩にあげますよ」

「だから、おれには好きな人がいるんだ」

夏樹の声はどうしても覇気《はき》がなくなってしまい、近見を図に乗らせるだけだった。

「もちろんわかってますよ。でも、まだ両想《りょうおも》いじゃないみたいじゃないですか。俺はべつに先輩の気持ちまでもらいたいなんて思ってない。前にも言ったけど、気持ちいいことだけする大人《おとな》の付き合いがしたいだけなんですから」

「そんなこと、できない」

脅し始める。

「できなくても先輩はしなくちゃいけないんですよ」

近見は痺《しび》れを切らしたのか、優《やさ》しく言っても埒《らち》があかないと思ったのか、はっきりと夏樹を脅し始める。

「とにかく日曜は俺と会ってもらいます。そうだな、一時に駅のコンコースで待っててくださいよ。今後のこともゆっくりと取り決めたいし」

どうせ先輩が卒業するまでの間だけのことじゃないですか、と近見は笑う。

その前に俺の方が飽《あ》きるかもしれないですし、と言い添《そ》えられたときには頭に血が上るほど悔《くや》しかった。夏樹の気持ちなど問題にもしていない。

死ぬほど腹立たしかったが、夏樹にはノーと突っぱねてしまうことができなかった。

写真が公表されれば、誰かがあの裸体《らたい》を洋二と気づくかもしれない。サッカー部の面々にしてみれば毎日見慣れた体なのだ。気づいても不思議はない。

もしも夏樹が洋二にはっきりとした欲望を持っているという噂《うわさ》が立ってしまえば大変なことになる。洋二に一番迷惑《めいわく》がかかるし、利明の怒《いか》りは当然増幅《ぞうふく》するだろう。そんなことにさせるわけにはいかない。

「わかった」

夏樹は小さく喉《のど》を鳴らしてそう答えた。こうなれば腹を括《くく》るしかなかった。

学生食堂で文化部長の水木と会った。

水木は夏樹の隣《となり》を示して、いいですか、と訊《き》いてくる。もちろん夏樹は頷《うなず》いた。定食の載《の》った盆《ぼん》をテーブルの上に置いて水木が横に座る。

前に昇降口《しょうこう》で出会ったときに夏樹の顔色を心配してくれた水木は、今度もどこか探《さぐ》るような目で夏樹の顔を見つめてくる。

水木と目を合わせていると、疚《やま》しいことがたくさんある夏樹は居心地《いごこち》が悪い。まことしやかに囁《ささや》かれているように、水木にはなにか、常人にはないような神秘性がある。まさか他人の心の中を読めるはずはないと思うのだが、考えていることを唐突《とうとつ》に当てられたことが以前に何度かあったのも事実だ。

「やっぱりまだ元気がない」

水木は夏樹にそう言って顔を顰《しか》めた。

おっとりおとなしそうな水木にそんな顔をされると、とても悪いことをした気になる。人にはそれぞれ生まれながらの役割があると思うのだが、水木の場合は他人を気遣《きづか》うとか、周囲を穏《おだ》やかな気分にさせるとか、そういう癒《いや》し系の役目があるように感じる。今も細い目が心配でたまらなそうにしていた。

純粋《じゅんすい》に自分のことを心配してくれる水木の前では、夏樹も虚勢《きょせい》を張るのをやめ、自分でも驚《おどろ》くほど素直《すなお》な気持ちになれる。

「三年になって少し緊張《きんちょう》してるとか？」

「そうじゃないんだけど」

「だよね。相川は頭がいいし、意外と肝《きも》も据《す》わっているから、受験で蒼《あお》くなるようなタイプじゃなさそうだ。やっぱりあれかな」

「どれ？」

「各務だよ」

あっさりと見抜《みぬ》かれて、夏樹は冷や汗《あせ》を掻《か》きそうになる。

なぜまたこのタイミングで水木の口から利明の名が出るのだろう。冗談《じょうだん》でなく気持ちを読まれたようだと狼狽《うろた》えた。

水木は利明とも仲がいい。

あり得ないとは思うが、利明が夏樹との淫《みだ》らな関係を、水木に喋《しゃべ》ったのだろうか。

正確には利明のことと並行して近見のことでも憂鬱《ゆううつ》だったのだが、そこまで当てられたら怖《こわ》すぎる。夏樹には利明の名が出ただけでも十分《じゅうぶん》に心臓に悪かった。

「どうしてそう思った？」

「どうしてって」

水木は照れくさそうにする。

「だって、各務と相川は付き合っているんだろうなと思っていたから」

また爆弾《ばくだん》発言だった。

しかしこれは間違《まちが》っても利明から聞いたのではないだろう。

利明が夏樹とのことを、付き合っている、などと表現するはずもない。

ではどうして水木がこんなことを言うのか、夏樹は落ち着かない気持ちでいっぱいになり、適当な言葉を探せない。

水木自身は淡々《たんたん》として平静なままでいる。

「違っていたらごめん。でも、僕に言わせれば勘繰《かんぐ》らない方がおかしいよ。だってあんなに親しくしてきていたきみたちが、ある日突然仲違《とつぜんなかたが》いしてるんだもの。周囲にばれないためにわざと仲の悪いふりをしているのかな、って邪推《じゃすい》したくもなる」

「おれたちは付き合ってたりしないよ」

果たしてそう言いきってしまえるのかどうかは疑問だが、少なくとも恋人《こいびと》同士のような甘い関係でないことだけは確かだ。

水木はわかったよ、と夏樹を宥《なだ》めるように言うと、箸《はし》を置いて湯呑《ゆの》みのお茶を口にした。

「僕は相川が言いたくないことを無理に聞き出す気はない。話したら気が楽になることがあればいくらでも聞くけど」

水木の言葉は真摯《しんし》で、ストレートに夏樹の気持ちを揺《ゆ》さぶった。

これまでずっと、誰かに利明のことを相談できるとは思っていなかったのだが、もし話してみるならば相手は水木以外にいそうにない。

胸のつかえを取って楽になりたい気持ちと、男が男を好きだという特殊《とくしゅ》な嗜好《しこう》をおいそれと打ち明けられないという気持ちとで、夏樹は迷う。

冷めかけたうどんにも手をつける気になれなかった。

水木は黙《だま》って食事を続けている。

夏樹から話す気がない以上は本当に余計なことを言うつもりはないようだ。水木の場合、明らかにお節介《せっかい》なのとは違っている。

「あの」

やっとの思いで夏樹が口を開くと、水木はすぐに顔を上げる。

優しくて聡明《そうめい》な印象の瞳《ひとみ》に勇気づけられるようにして、夏樹は続けていた。

「一般《いっぱん》的な意味で各務と付き合っているわけではないんだけど……今の状態に悩《なや》んでいるのは確かなんだ」

「やっぱり各務となにかあった？」

夏樹は思いきって肯定《こうてい》した。

なにがあったか詳《くわ》しくは言えないと言っても、水木は了解《りょうかい》してくれた。強姦《ごうかん》まがいに抱《だ》かれているなどと告白すれば、水木はひっくり返るかもしれない。そういう赤裸々《せきらら》なことに免疫《めんえき》がありそうな男には思えなかった。

「つまり、各務と仲が悪いのはお芝居《しばい》じゃないわけだ」

「芝居なんかじゃない。利明はおれを憎《にく》んで、軽蔑《けいべつ》してる」

それに関しては水木はどうともコメントしない。ただ、小首を傾《かし》げて、そうかな、と疑問を匂《にお》わせるような仕草をしてみせる。きっと利明の気持ちは水木にもわかりにくくて複雑なのだろう。

「水木は利明とも親しいだろう？　利明からなにか聞いている？」

「いや、僕はなにも聞いていないよ」

水木はさらっと流してしまった。

どういうふうに切り出すか、話の糸口を見つけるのは難しかった。

夏樹がまた迷っていると、今度は水木の方から振《ふ》ってきた。

「各務のこと、どう思っているわけ？」

「え？」

「好きとか嫌《きら》いとか、憎いとか恨《うら》めしいとか、いろいろあるだろうけど、一番強くて大事にしたい気持ちって、どれになるのかな？」

「それは……」

それは、たぶん、好き、だった。

あまりにも直球で尋《たず》ねられてびっくりしたが、どれか一つ選ばないといけないのなら、やはりその一言になる。

水木には夏樹の戸惑《とまど》う表情でだいたいの察しがついたらしい。

「各務に言ってやりなよ、その気持ち」

「言えない」

「どうして？」

「どうしても言えない」

夏樹は利明に本音を打ち明けてしまうことに関してはいつだってとてつもなく臆病《おくびょう》になる。叶《かな》うはずがなかったし、今以上に傷つきたくない。もし夏樹が本当に利明を好きなのだと知られたら、利明はきっともう夏樹を抱かないだろう。抱いて乱暴しないかわり、指一本触《ふ》れなくなり、挙げ句の果てには口を利《き》くのも嫌《いや》がるようになるかもしれない。今の状態も辛《つら》いが、それも同じくらい辛い。二者択一《たくいつ》の決断を迫《せま》られているようなものだった。

「言わなきゃ伝わらないよ」

「水木には伝わっただろう？」

「それはきみが僕に対して心を開いてくれているからだ」

水木は小さく笑うと、頑固《がんこ》な子供に手を焼く母親のような顔つきをする。

「相川は意外と要領が悪いんだなぁ」

「どうせ臆病者だ」

夏樹はすっかりふてくされていた。水木に甘えたかったのだ。

水木は拗《す》ねる夏樹など初めて見たに違いない。

夏樹の反応が新鮮《しんせん》なようだった。

「各務がきみのことをどう思っているのかも、はっきり本人に訊《き》いてみなくちゃわからないことじゃないか?」

「そうかもしれないけど」

「なにか僕にできることがある?」

水木の申し出を夏樹は首を振って断った。

水木がにっこりと笑う。

「相川はそう言うと思った」

各務なら使えるものはなんでも利用するだろうけどね、と鋭《するど》いことを言い添《そ》えたのには、夏樹も大きく頷《うなず》きたくなる。確かに利明は手段を選ばない非情なところを持ち合わせている。夏樹にはどうしてもそこは理解できない。リーダーシップを取るのには向いているかもしれないが、どこかで恨みを買っているのではないかと気が気でないときがあるのだ。今は利明の標的は他《ほか》ならぬ夏樹自身だから、そんな心配は笑止《しょうし》なのだが。

「あんまりしんどくならないように、もう少し楽になれる方法を見つけられるといいね」

「ありがとう」

水木は静かに首を振った。

「僕はなにもしていないよ」

それでも夏樹にとってはこうして話を聞いてもらっただけでもありがたかったのだ。


利明が強引《ごういん》で横暴なのは今に始まったことではなかったが、さすがに日曜日に付き合えと言われたときには夏樹も狼狽《ろうばい》した。

日曜日は近見と会う約束をさせられている。

利明には当然秘密のことなので、それを言うわけにはいかない。しかし単に先約があると断ろうとしても、利明は誰とだと執拗《しつよう》に追及《ついきゅう》してきて、咄嗟《とっさ》に嘘《うそ》が思いつけずに口ごもる夏樹に、本当は先約などないんだろうと決めつける。

夏樹はどうにも身動きが取れなくて胃が痛くなりそうだ。

「用事があると言っているのに、どうしてそう聞き分けがないんだ」

「だったらなぜ誰と会うのかも言えないんだ」

「言う必要ない！」

夏樹も意地になってきっぱりと言い返す。

どう考えても利明にここまで振り回されるのは理不尽《りふじん》だ。いったいどこまで勝手をして夏樹をいたぶれば気がすむのかと思う。こんなことを続けられているのにまだ未練がましく利明が好きなのだ。情けなかった。

「とにかく、おまえは俺のために一日空けておけ」

「利明！」

叫《さけ》んでしまった夏樹を利明はジロッと鋭い視線で睨《にら》みつける。

「おまえ、まさか、近見のやつとなにか碌《ろく》でもないことになっているんじゃなかろうな？」

もう少しで夏樹は喉《のど》を鳴らすところだった。

まともに核心《かくしん》をつかれ、違《ちが》うという一言すら出せない。

夏樹は息を呑《の》んだまままただ利明の恐《こわ》い顔を見返していた。

「どうした。図星か？」

「ち、がう」

どうにか言葉を絞《しぼ》り出せたような体《てい》たらくで、これで利明が納得《なっとく》したとは思えない。

嘘だと気づいているはずなのに、利明は夏樹の返事を逆手に取ってきた。

「もし近見になにか強要されているのならおまえがその約束を反故《ほご》にできないのもわかるが、

そうじゃないわけだ。当然だよな。おまえはこの前はっきりと、近見は俺のような卑劣漢《ひれっかん》じゃないからネガを見たからといって脅迫《きょうはく》してきたりはしない、とか言ってたもんな」

夏樹はぐっと詰《つ》まってしまう。

確かに言った。

「だったらどうにかして都合をつけろ。できないとは言わせない」

利明が声を荒《あら》くして畳《たた》みかけるように要求する。

「勝手すぎる」

どうにか言い返したものの、夏樹の声はいかにも頼《たよ》りない。

「そんなことくらい百も承知で言いなりになっているんじゃなかったのか」

利明は夏樹をせせら笑った。

頭がズキズキとしてきて、夏樹から集中力を奪《うば》い去る。

思考も散漫《さんまん》で投げ遣《や》りになっていた。

いっそのこと明日熱が出て起き上がれなくなれば双方《そうほう》に言い訳が立つのに、などと消極的なことを考える。あいにくと夏樹は細いわりに丈夫《じょうぶ》で、風邪《かぜ》をひいても高熱が出ることは稀《まれ》だ。風邪以外の病気などここ何年も罹《かか》っていないし、どう転んでも突然《とつぜん》病気になる確率は低い。かといって仮病《けびょう》を使う勇気もなかった。それはあまりにも見え透《す》いている。

近見を断るのも利明を諦《あきら》めさせるのも、どちらも同じくらい難しかった。

しかし、どっちを取らないとまずいかははっきりしている。利明とはすでに一蓮托生《いちれんたくしょう》の感があるが、近見は約束を守らないとどう出るかわからない。

「なぜそんなに強情《ごうじょう》なんだ」

顔を俯《うつむ》けたまま困惑《こんわく》している夏樹に、利明が呆《あき》れたように言う。

利明は夏樹を見据《みす》え、腕組《うでぐ》みする。

土曜だから半日で授業は終了《しゅうりょう》している。皆《みな》もう帰り支度《じたく》をしており、周囲はざわついていた。夏樹は利明に呼び出されて自分の教室の横の廊下《ろうか》で立ち話しているのだが、傍《そば》を通り過ぎる連中はことごとく二人の動向を気にかけている。利明がやたらと居丈高《いたけだか》な態度を取るものだから、なにか夏樹に落ち度があって怒《おこ》りに来たとでも推測しているに違《ちが》いない。見せ物にされているようで更《さら》に気持ちが落ち着かなくなる。

もしかすると利明は、あのとき近見に絡《から》まれて校庭を歩いていた夏樹を見ていたのかもしれない。

このタイミングは計ったかのようだ。

夏樹は考えれば考えるほどそうに違いない気がしてきた。

近見にそれとなく探《さぐ》りを入れたのではないだろうか。

利明ならそのくらい上手《うま》くやる。

「悪いようにはしないから、今すぐにうんと言え」

夏樹には利明の考えていることがわからない。

近見にまとわりつかれているのを知っていて素知らぬ顔で夏樹を困らせるのも、どんな意図でしていることなのか理解できなかった。

「おまえはいつでも俺にうんと言えばいいんだ」

勝手な男、と夏樹は唇《くちびる》を噛《か》んだ。

なぜこんな男が好きなのか自分でも謎《なぞ》だ。

「いいな」

もう利明は夏樹の返事を待たなかった。

強引《ごういん》に念押ししていくと、踵《きびす》を返して行ってしまう。

夏樹は疲《つか》れの滲《にじ》んだ溜息《ためいき》をついて、痛むこめかみを揉《も》んだ。

利明には近見の接近が許し難《がた》いのだとしか思えない。自分が弄《もてあそ》んで楽しんでいる獲物《えもの》に、横合いからちょっかいをかけられるのが不愉快《ふゆかい》なのだ。単純な独占欲《どくせんよく》である。

とにかく近見にはなんとか頼《たの》み込んで日にちをずらしてもらうしかない。

夏樹は憂鬱《ゆううつ》な気分で電話を眺《なが》めていた。

なんと言えば一番角が立たずにすむのだろう。

やはり、親戚《しんせき》あたりに起きた急な不幸だろうか。

こういう場合はどんな言い訳も嘘っぽく感じられてしまうようで、夏樹は電話をかけるまでに相当な決心を要した。なにを訊《き》かれても慌《あわ》てないようにメモまで用意する。意図的な嘘などあまり吐《つ》いたことがないので、うまくやれるかどうか不安でたまらない。

悩《なや》んでいたら十時半になってしまった。

よその家に電話をかけられるギリギリの時間だ。

メモを片手に受話器を上げようとしたとき、不意に呼び出し音が鳴り出した。

あまりのタイミングに夏樹は心臓が壊《こわ》れてしまうほどびっくりする。

しかも、取ってみれば相手は近見である。

夏樹の狼狽えぶりとぎこちなさは自分でも滑稽《こっけい》なくらいだったが、近見の方も同じくらい動《どう》揺《よう》しているようだった。

『明日のことなんですけど』

近見は焦《あせ》っているような感じで上擦《うわず》った声を出す。

先に落ち着きを取り戻《もど》したのは夏樹だった。

『急用ができたからもういいです』

まるで夏樹が言いあぐねていたことをそっくりそのまま近見が言う。こんな奇妙《きみよう》な偶然《ぐうぜん》をたまたま片づけてしまうほど夏樹はおめでたくはない。

慎重《しんちょう》に、替《か》わりの日にちを決めるつもりがあるかどうか確かめる。

近見は慌てて否定した。

『いや、もういいです。俺も先輩《せんぱい》にこんなお願いをするのは悪いと思っていたから』

耳を疑うような殊勝《しゅしょう》な態度だ。

いったい近見に何があったのか、夏樹は訝《いぶか》しがらずにはいられない。こんなにあっさりと前言撤回《てっかい》し、そのうえ夏樹の許しを請《こ》うような態度を取るには、絶対に何か事情があるに違いない。

まずは、近見の言葉が本気かどうかが問題である。

そしてもっと失念してはいけないのは、写真のことだ。あれを返してもらわないと、夏樹は近見と無関係にはなれない。

ところが驚《おどろ》いたことに、近見は写真のことまで翻《ひるがえ》す。

『あれは実は嘘《うそ》だったんです』

夏樹は近見の言葉を鵜呑《うの》みにしていたため、一瞬《いっしゅん》絶句してしまった。

「嘘って……」

「じゃあ焼き増しはしてないのか？」

『してません。本当です』

咄嗟《とっさ》の思いつきで吐いた嘘だと言う。

こうなると夏樹も何をどこまで信じていいのかわからなくなる。

『小賢《こざか》しいことしてすいません。途中《とちゅう》で各務先輩に邪魔《じゃま》された形になったのが悔《くや》しくて、どうにかして相川先輩と付き合ってみたかったんです。俺が写真を持っていることにすればネガがなくても頼みを聞いてもらえるかと思って』

確かに近見の読みは正しかった。

夏樹は自分があまりにも間抜《まぬ》けで洞察《どうさつ》力がないのに呆れる。よく言えば人がいいことになるのかもしれないが、この場合は褒《ほ》められたものではない。

「本当に信じていいのかおれにはわからない」

『信じてください』

なんだか知らないが近見は泣きそうに情けない声を出す。

もう二度と先輩を困らせるようなことはしない、写真のことも忘れる、近見はそう約束しようとする。

利明が近見に何かしたのだろうか。

夏樹に考えられるのはその程度だった。

「誰かになにか言われたのか？」

『いやっ、そんなこと、そんなことないです』

近見の返事は上擦っており、怪《あや》しすぎる。

これはどうやら誰かが裏で手を回し、近見を脅《おど》すか他《ほか》の餌《えさ》で釣《つ》るかしたのだろう。そしてそのことは他言無用だという条件にまでしたのだ。

夏樹の知る限りそんな大胆《だいたん》な真似《まね》をするのは利明だけだった。

しかも、今度の件を知っているのも自分たちを除くと彼だけだ。

怯《おび》えさえしているような近見からこれ以上聞き出すのは無理そうだった。

どうせ利明に訊いてもすんなりと教えてはくれないに違いない。ただ一つだけ納得《なっとく》がいったのは、近見が今夜断りの電話を入れるのを知っていたから、利明は夏樹に明日のことをごり押ししたのだということだ。

嫌《いや》な性格、と夏樹は歯嚙《はが》みする。

利明は全部知っていて、夏樹の戸惑《とまど》いや焦り、苦悩《くのう》を楽しんだのだ。これも一種の仕置きのつもりだったとも考えられる。

すみません、としつこいように繰《く》り返す近見を、もういいからと宥《なだ》めつつ、夏樹は電話を切った。

利明の本音がどこにあるのか知りたいと思う。

水木の言うとおり、もうそろそろ夏樹も自分に正直になっていいのかもしれなかった。

春からこっち夏樹にはずっと冷たく乱暴に当たり続けてきていたので、日曜の公園で向き合ってもなかなか打ち解けた雰囲気《ふんいき》にならない。

夏樹はむすっとした不機嫌《ふきげん》顔でいつも以上に喋《しゃべ》らない。

それについては利明の想像どおりだったので痛くも痒《かゆ》くもないのだが、夏樹の笑顔《えがお》を見られなくなってずいぶん経《た》つな、と改めて思わせられた。

利明にも夏樹を苛《いじ》めすぎた自覚はある。

最初の衝動《しょうどう》がここまで尾《お》を引くとは思わなかった。

たぶん、夏樹の強情さが利明の癇《かん》にさわり、どうにかして参ったと感じさせてやると意地になったのだ。写真のことを問い詰《つ》めたとき、もしも夏樹が素直《すなお》に事情を話していたら、きっと今とは百八十度違《ちが》う関係になれていた。夏樹のことを一目見た瞬間《しゅんかん》から好きになっていたのは利明の方だ。

このへんでむちゃくちゃな関係を修正しておきたい。

利明は狡《ずる》いのだ。夏樹に関してはことに小心になる。だから夏樹の気持ちが自分の方を向いているとわかった途端《とたん》、やっと決心できた。

あと数日で夏期休暇《きゅうか》に入る。

中央に湖のような大きな池がある公園は、この街でも有名なデートスポットだった。

利明は地下鉄の駅で待ち合わせた夏樹を伴《ともな》い、ジョギング用とサイクリング用に塗《ぬ》り分けられた池の周囲の舗装《ほそう》路を、ゆったりした調子で歩き続ける。

映画を観《み》ようとか食事をしようとか、デートのやり方はいろいろあったが、今まずしなくてはいけないことは、話をすることだ。この公園は打ってつけだった。

日差しは強いのだが、風があって気持ちがいい。

池の畔《ほとり》に点在するベンチには穏《おだ》やかな表情でくつろぐカップルや老夫婦の姿が見られ、池に浮《う》かんだ手漕《てこ》ぎボートも陽気な笑顔と嬌声《きょうせい》で楽しそうだ。この中で仏頂面《ぶっちょうづら》をしているのは利明たちだけかもしれない。

空いているベンチが木陰《こかげ》に見えた。

利明は半歩後ろを歩いていた夏樹を振《ふ》り返り、視線で促《うなが》す。

夏樹も黙《だま》ってついてくる。

「外は気持ちがいいな」

このまま黙《だん》まりを続けていても埒《らち》があかないので、利明から話しかけた。どのみち主導権を握《にぎ》っているのは利明だ。夏樹は利明の強引《ごういん》さに不承不承従っているにすぎない。自分から話したいことがあるとも思えなかった。尤《もっと》も、利明に訊《き》きたいことは山ほど抱《かか》えているに違いない。

「そろそろ、腹を割らないか」

二ヵ月以上もぐずぐずとし続けていたわりに、いざとなったら速攻《そっこう》だった。

夏樹は利明がいきなり核心《かくしん》に触《ふ》れてくるとは考えていなかったようで、明らかに戸惑っている。

「俺は勘違《かんちが》いしていたわけだな?」

利明が続けると、夏樹はもっと憮然《ぶぜん》とした表情になる。どう返事をすればいいのか迷い、躊《ため》躇《ら》っていて、真っ白いシャツから伸《の》びている腕《うで》を細い指で摑《つか》んでいる。指の微《かす》かな震《ふる》えが利明に夏樹の緊張《きんちょう》を教えた。

長袖《ながそで》のシャツを肘《ひじ》あたりまで折って捲《まく》り上げ、下は細身のジーンズにスニーカーといった出《い》で立ちで来た夏樹は、相変わらず溜息《ためいき》が出るほど綺麗《きれい》だった。胸のボタンを二つ目まで外しているので、ふとした拍子《ひょうし》に鎖骨《さこつ》が覗《のぞ》く。

この細い体を何度も抱《だ》いて貫《つらぬ》いたのだと思うと、利明は不思議な気がする。こうやって健全な昼間の戸外で並んで座っている限り、手の指にすら触れたことがないような錯覚《さっかく》を覚えるのだ。そのくらい夏樹は清廉《せいれん》で禁欲的に見える。ひとたび服を脱《ぬ》がせたら耳を疑うように艶《なま》めいた嗚咽《おえつ》を洩《も》らし、腰《こし》を揺《ゆ》すって利明のものを求める男だとは、誰にも想像できないだろう。

利明はチノパンの尻《しり》ポケットから写真を出して、夏樹に示す。

夏樹が見たくなさそうに顔を背《そむ》けかけた。

「これは破いていいな?」

えっ、と言うように夏樹は利明の顔を見る。あまりにも思いがけないセリフを聞いたようで、なにか別の意図があるのではないかと疑うような感じだ。利明としては心外だが、今までしてきたことを考えるとそれも仕方がない。

「この写真はもうとっくに必要なかったんだ。そうだろう？」

「どういう、意味？」

おずおずと夏樹が尋《たず》ねてくる。

ようやく重い口を開く気になったらしい。

夏樹の顔は不審《ふしん》と驚きでいっぱいだった。

「洋二じゃないんだろう、おまえが写したかったのは」

夏樹の指がぶるぶると震え出す。

おぼつかなそうに袖を握りしめるのを、利明はじっと見つめた。

利明が夏樹のことを追いつめているようで、少しかわいそうになる。もっと違う言い方があったのかもしれないが、利明にはこんな切り出し方しかできなかったのだ。それよりストレートに自分から夏樹に好きだと言ってやれば済むことなのに、頭ではわかっていても、実際に行動に移せない。

「いつ？　いつから、わかってた？」

「それほど前じゃないな」

実は確信したのは三日前だ。それを言えば夏樹が怒《おこ》るのは明白だったので言わない。

「破くぞ」

利明はもう一度だけ断ってから写真を破いた。四つに破き、立ち上がってすぐ傍《そば》のゴミ箱まで行くと、カゴの上で更《さら》に細かくしてから捨てる。

夏樹はそれを黙って見ていた。

「好きって言えよ」

立ったままで利明は言った。

夏樹の頬《ほお》が刷毛《はけ》ではいたように紅潮する。

「もういいじゃないか。一度でいいから俺にはっきりと言ってみろ」

「きみは、ひどい」

「ひどくても俺のことが好きなんだろうが」

「なぜわかったんだ。今頃《いまごろ》、どうして？」

「そんなことはたいした問題じゃない」

夏樹はまだ納得《なっとく》できないような複雑な表情のままだ。利明には夏樹の最後の抵抗《ていこう》がおかしいようなせつないような、なんとも言い難《がた》い気分だった。何も悩《なや》まなくていいのに、と思う。今や利明には夏樹の気持ちが手に取るようにわかるのだ。なんて無器用で要領の悪い男なのだろうと溜息が出る。

利明はベンチに座ったままの夏樹の前に立つ。

夏樹が子供のように不安そうな顔をしているので、助けてやるしかなかった。

「立てよ」

機械仕掛《じか》けの人形のように夏樹が立ち上がる。

そこを利明は腕を回して引き寄せ、懐《ふところ》に抱きしめた。

「利明！」

驚《おどろ》いて身動《みじろ》ぎする夏樹を、もっと強く抱く。

「こんな場所で、やめろよ。人が、人が変に思う！」

「変に思われたって構うものか。……おまえのこと、遠目に見たら女としか思わないさ」

それでも利明は夏樹の気持ちを優先し、立ち位置を入れ替《か》えて夏樹を人通りのある遊歩道側から池の側に移してやった。体格のいい利明にすっぽりと覆《おお》い隠《かく》され、これでもっと人目に触れなくなる。

「夏樹」

抱き合っていると布地越《ご》しにも体温を感じる。

利明は少し落ち着いた様子の夏樹の髪《かみ》を撫《な》で、背中をさすった。

本当はここで一言今までの仕打ちを謝っておくべきだったが、なかなか言い出せない。言葉にする代わり、利明はしばらく手のひらや指で優《やさ》しい愛撫《あいぶ》を続けた。

「なんでもっと早く言わないんだ、おまえは」

「そんな、こと……そんな」

夏樹が突然《とつぜん》泣き出した。

ひくっ、ひくっ、と肩《かた》が揺れる。

強く抱いたら骨が折れてしまいそうな細身がせつない。

こんなに華奢《きゃしゃ》な体に、利明はさんざん酷《ひど》いことをしてきたのだ。しかもまったく見当違いの嫉妬《しっと》心を剝《む》き出しにしてである。

「同情なら、絶対にやめてくれ」

声を殺したまま泣きながら、夏樹は言う。

「このままおれのこと、放せ。今すぐ放すなら、おれも恨《うら》まない」

「放さなかったら？」

「……おれはきみのことを、放せない」

利明は嬉《うれ》しさと幸福感に舞《ま》い上がりそうだった。

体の奥からこれまで経験したこともない歓喜《かんき》が湧《わ》き起こる。

抱き竦《すく》めたまま、涙《なみだ》に濡《ぬ》れた夏樹の頬を手のひらで拭《ぬぐ》ってやった。

夏樹がおそるおそるという感じで顔を上げる。

濡れた睫毛《まつげ》からポトリと雫《しずく》が落ちてくる。綺麗で利明は見とれてしまう。

「本当に、同情じゃない……？」

「なぜ俺がおまえに同情なんてしなきゃいけないんだ」

「きみは案外優しいから」

意外なセリフをさらりと言われ、利明はかなり狼狽《うろた》えた。

よもや夏樹の口から優しいなどと評されるとは思っていなかった。優しさのかけらもない行為《こうい》ばかりしてきたというのに、どこをどう取ったらこんな言葉が出るのだろう。

「勘違いかもしれないぞ」

利明は夏樹に下手《へた》な誤解を受けるのは恥《は》ずかしくて釘《くぎ》を刺《さ》す。

「おまえだってずっと俺のことをひどい男だと罵《ののし》っていたじゃないか。忘れたのか」

「ひどいけど」

でも優しいのだ、と夏樹ははにかむ。

利明は夏樹の愛情の深さに、どう応《こた》えればいいのか不安になるほどだった。

「俺でいいんだよな、おまえ」

こく、と夏樹が頷《うなず》く。

たまらなくなって、利明は夏樹の淡《あわ》い色をした唇《くちびる》に指を触《ふ》れさせた。

柔《やわ》らかな感触《かんしょく》に、場所をわきまえる余裕《よゆう》がなくなる。

初めてのキスだった。

夏樹も嫌《いや》がらずにおとなしく受けてくれる。

あんなに恥ずかしいことを繰《く》り返してきた二人なのに、キスだけはお預けだったのだ。だがそれで正解だった。こんなに初々《ういうい》しいキスができたのだ。

唇をまさぐり合うだけのキスをして、名残惜《なごりお》しかったが顔を離《はな》した。

夏樹はもう泣いていない。

かわりに溶《と》けそうにうっとりした表情をしている。

なんて遠回りをしたんだろうと歯がゆくなるほど夏樹は幸せそうだった。こんな顔を見せてくれるのならもっと早くこうして抱きしめてやればよかった。いつだって後悔《こうかい》は後からくる。

「今からどうしたい？」

利明が訊《き》くと、夏樹は恥ずかしそうに俯《うつむ》いた。

「俺の部屋に来るか。親は家にいるんだが」

「だったら、おれの部屋がいい。うちは今日誰もいない」

夏樹の大胆《だいたん》さが利明には嬉しい。

そうだよな、おまえ、がまんできないもんな、とからかうと、夏樹は顔を真っ赤にして利明の胸板《むないた》に肘鉄《ひじてつ》を食らわせた。

同情ではないと利明は言って、夏樹にくちづけしてきた。

それから、夏樹の部屋で抱《だ》き合った。

好きという言葉はどちらもわざとのように避《さ》けていた。気持ちを伝えるのにさして必要ではなかったし、むしろ口にする方が陳腐《ちんぷ》で無粋《ぶすい》な気もした。

利明に優しく抱かれているのがなんだか不思議で、夢を見ているように儚《はかな》い気分になる。けれど時間をかけて解《ほぐ》された後ろの窄《すぼ》まりを硬《かた》くて熱い利明のもので突《つ》き上げられたら、乱暴に扱《あつか》われていたときの感覚が甦《よみがえ》り、現実感が湧いてきた。同時にこれまで以上の充足感《じゅうそく》に満たされて、全身がわななくほどよかった。

「気持ちいいか。もっと声を出せよ」

利明がポイントを外さない的確な突き上げを続けながら言う。

たまらない快感が体の奥に渦巻《うずま》き、出口を求めて荒《あ》れ狂《くる》っている。

利明自身もとてもよさそうで、ときどき利明の汗《あせ》が夏樹の肌《はだ》に落ちてくる。

下半身をくっつけ合ったまま、二人で何度も昇《のぼ》り詰《つ》めた。

夏樹は髪の生え際《ぎわ》を梳《す》き上げられると気持ちがよくて、達した後に利明の長い指でそうされながらいくつもキスされると、今までの辛《つら》かったことが全部嘘《うそ》のような気になった。こんなふうに優しい利明は、想像したこともない。

「卒業まで、あのままでいくんだろうな、と思ってた」

汗ばんだ肌を寄せ合い、シーツにくるまっているうち、夏樹はポツンと言っていた。

べつに利明に謝ってほしいわけではない。

こうして軌道《きどう》が修正されたことのほうが意外でたまらないのだ。

近見のこともはっきりとはわからない。

夏樹はこの際だからと思い切って利明に訊いてみた。

「もしかして近見になにかした？」

「なんでそう思うんだ？」

利明に切り返されて、夏樹はやはり何かあったのだと確信する。

「タイミングが良すぎたから。近見に迫《せま》られていたのをきみが知っていたのかと思った。それで彼を問《と》い詰めたのかなと考えただけだ」

「近見もね」

ギシッとスプリングを軋《きし》ませ、利明が体の向きを変えた。

仰向《あおむ》けから横向きになり、夏樹の体を抱き寄せてくる。

「まったく悪い男じゃないんだが、叩《たた》けば結構埃《ほこり》の出るやつだからな」

「埃？」

利明はそれには答えないで、近見と一悶着《ひともんちゃく》あったときのことをぶり返す。

「おまえの見え透《す》いた嘘なんて俺に通じたはずないだろうが。これは絶対に近見に脅《おど》されているなと思って気をつけていたら、堂々と校庭を一緒《いっしょ》に歩いていくのが見えた。しかも上から見ている限り、迷惑《めいわく》そうなおまえの後を近見がしつこくついていくふうだ」

やはり見られていたのだ。

夏樹はそれもそうだろうな、と納得《なっとく》する。利明がなんの用事で生徒会室に残っていたのか夏樹にはさっぱり思いつけなかったのだ。

「まぁあのときにはもう、薄々《うすうす》おまえの気持ちに気づいていたからな。俺の誤解だったのかもしれないと焦《あせ》ってもいたし。これ以上事態を複雑にするのは断じてご免《めん》だったんだ」

「それで、近見の埃とやらを叩いたわけなのか」

「おまえは深く知る必要ないんだ」

利明はまた勝手なことを言い、宥《なだ》めるように夏樹の頬《ほお》にくちづけしてくる。

キス一つでごまかされるのは癪《しゃく》だが、どうせ利明の性格は一朝一夕《いっせき》に変えられないのだ。

「それよりおまえは水木に感謝しろ」

いきなり水木の名前が出て、夏樹はハッとした。

今の今まで疑ったこともなかったが、あのとき食堂で会ったのは偶然《ぐうぜん》ではなかったのだと気づいたのだ。

夏樹もうっかりしていた。

水木は利明に頼《たの》まれて夏樹に探《さぐ》りを入れに来たのだ。

そうだ。水木が自分で言っていた。夏樹は水木を利用して利明の気持ちを確かめさせるようなことはしないだろうが、利明は利用できるものはなんでも利用する男だ。あれは暗に、自分は利明に頼まれたのだとほのめかしていたのに違《ちが》いない。水木はフェアな男だから、利明だけの一方的な振《ふ》る舞いが、夏樹にとって不公平になるのを望まなかったのだ。だから、夏樹が望むなら自分が利明へのメッセンジャーになると申し出たのだ。

迂闊《うかつ》だった。

もっと早く気がついてもよかった。

水木の特殊《とくしゅ》な魅力《みりょく》に惑《まど》わされ、彼なら何を知っていても不思議ではないなどと感じたのが落とし穴だった。現実だけを見ていけば、もっと慎重《しんちょう》に判断できたのだ。近見の電話も水木の参入もタイミングが良すぎる。作為《さくい》がないほうがおかしいほどだ。

「謀《はか》ったんだな」

夏樹に言えたのはそれだけだった。

利明はニヤリと笑っている。

「悪いのはおまえだ。最初から包み隠《かく》さず俺に素直《すなお》に話していれば、二カ月以上も苦しまなくてすんだんだ。俺だって弟に嫉妬《しっと》して醜態曝《しゅうたいさら》さずにすんだはずだし、水木に迷惑をかけることも、近見を惑わせることもなかったかもしれない。まぁ近見に関しては突発的《とっぱつ》だからなんとも言えないが。とにかく、悪いのはみんなおまえだ」

「相変わらず勝手なことばかり！」

夏樹はあんまりな言われようにがまんできなくて言い返す。

「きみはおれの気持ちになって考えたことはないんだ。洋二くんの写真を押さえられて、まさかそれが本当はきみの身代わりだなんて告白できるもんか。そんなことを知られるくらいなら、誤解されて酷《ひど》く扱われている方がましだ。まして、おれにはきみの気持ちなんてまるでわからなかったんだし」

「おまえは俺が弟を侮辱《ぶじょく》されたから怒《おこ》っているんだと信じていたようだもんな」

「当然だろう。まさか、そんな、きみも……なんて、そんな都合のいい話は三文小説の中だけに決まっているじゃないか」

「でもな。現実は案外こんなものかもしれないぞ」

利明は夏樹をもっと強く抱いてきた。

夏樹の脚《あし》に利明の脚が絡《から》んでくる。

太股《ふともも》に当たる勃起《ぼっき》を感じて、夏樹はたちまち赤面した。利明の欲望の深さには驚《おどろ》いてしまうのだが、それを受け入れて悦《よろこ》ぶ自分も同じくらいはしたないと思うと、恥《は》ずかしくなる。

利明の分厚い唇《くちびる》が夏樹の項《うなじ》を吸ってくる。

強く吸引されて、夏樹は小さく悲鳴をあげた。

「おまえの肌は薄《うす》いから、すぐに跡《あと》が付くんだよな」

「ばか！　そんなところに付けるな」

「いいじゃないか。どうせすぐに夏休みなんだ」

「そんな問題じゃない。明日学校に行かなきゃならないのに、どうやって隠すんだ」

夏の制服は首筋の開いた開襟《かいきん》シャツなのだ。

「隠す必要ない」

夏樹は眩暈《めまい》がしそうだった。

こういう場合の利明に逆らっても聞く耳持たないのはわかっている。

また利明が夏樹の鎖骨《さこつ》のあたりに強くキスした。

「おまえは俺のものだ。みんなにも知っておいてもらう方がいい。今後また近見のようなやつが現れないとも限らないしな。近見には手を引かせる材料があったが、他《ほか》の連中にもあるとは限らない。リスクは少なくするべきだ」

「そのリスクとやらを減らすためにおれに恥《はじ》を掻《か》かせるのか！　いい加減にしろよ、利明」

「がまんしろ」

利明はどこまでも横暴だ。

そのくせ優《やさ》しいキスで夏樹の唇を塞《ふさ》いでしまう。

「あっ、あ」

利明の指に乳首《ちくび》を撫《な》で回されて、夏樹は艶《つや》のある声で応《こた》えてしまう。

すぐに尖《とが》って膨《ふく》らみ、ますます刺激《しげき》に敏感《びんかん》になる。そこを吸われたら夏樹は弱かった。

このままた、なし崩《くず》しに利明が欲しくなるのだ。

夏樹は自分の無節操さが恥ずかしかった。

脚の間で勃《た》ちあがりかけているものも、期待のあまりひくついてしまう後ろの穴も、全部相手が利明だから許せることだった。

「いい子にしていたら、おまえのことを腰《こし》が抜《ぬ》けるくらいよくしてやる。おまえだってそうされたいと望んでいるだろうが」

「……きみには、もう、なにも言わない。言ってもしょうがない」

「そうだ」

あっさりと認められても腹が立つ。

夏樹は利明を押しのけると、彼の股間《こかん》に顔を埋《うず》めた。

「夏樹」

口に銜《くわ》えた途端《とたん》、利明の体がビクッと反応する。

夏樹にできるのはせいぜいこの程度の仕返しなのだ。

利明の立派なものに舌や唇を使いつつ、こんな幸せもいつまで続くのだろうか、と不安がる自分がいた。

来年はきっとべつべつの大学に進んでいる。

夏樹の志望校と利明のそれとは、まったく違《ちが》うのだ。

別れてしまう可能性の方が高い。

ましてや自分たちは男同士で、夏樹はともかく利明はいずれ誰かの夫、誰かの父親になるのだ。そこには夏樹の入り込む隙間《すきま》などあるはずもない。

今すぐ先のことを考えるのはあまりにも虚《むな》しすぎた。

「夏樹。……もういい、もういいから離《はな》せ」

利明がビクビクと砲身《ほうしん》を震《ふる》わせながら夏樹の口から抜き出させる。

欲情した目をしているのは、二人とも同じのようだった。

「尻《しり》を出せよ。これを挿《い》れてやるから」

ぬらぬらと唾液《だえき》に濡《ぬ》れた利明のものは、見ているだけで夏樹の脳を痺《しび》れさせ、奥を疼《うず》かせた。

これで思いきり突《つ》いてもらえるのだ。

夏樹の狭《せま》い筒《つつ》の中も、まだたっぷりと濡れていた。

正常位で顔を見合わせながら、利明に一気に貫《つらぬ》かれる。

「あああ、ああっ」

夏樹の喉《のど》から抑《おさ》えようもない悦楽《えつらく》の声が迸《ほとばし》り出た。

激しく抜き差しされて全身を揺《ゆ》らされながら、夏樹は利明とのこの関係が、できることなら長く長く、ずっと続くように、と願って涙《なみだ》するのだった。

七月七日

そろそろ別れようか、と切り出したのは利明の方からだった。

「えーっ、どうして?」

二つ年下の恋人《こいびと》は青天《せいてん》の霹靂《へきれき》とばかりに驚いている。

いつものようにデートの約束をし、待ち合わせ場所から馴染《なじ》みの洋風居酒屋に移動して、ビールグラスを手にした矢先のことだ。拓真《たくま》が目を丸くするのも無理はない。

「特に理由はないが、もう一年になるからな」

利明は平気でそんな勝手なことを言う。

みるみる拓真の顔が曇《くも》っていった。

「どうしてそんな冷たいことを平気で言うのかな。ひどいよ、利明」

拓真は半分呆《あき》れ、半分は情けなさそうにベソを掻いた顔つきをする。

「僕が嫌《きら》いになったわけ?」

「そうじゃないが」

「誰か他に好きな人を見つけたとか?」

「たぶんそれも違う」

「たぶん違うってなにさ。じゃあなんでなの?」

なぜと追及《ついきゅう》されると、拓真と一緒《いっしょ》にいることに飽《あ》きたから、としか言いようがない。他にももっと拓真を納得《なっとく》させる答え方はあるのだが、利明としての一番の理由はそれだった。

利明はあまり一人の相手と長続きするタイプではない。

唯一《ゆいいつ》の例外は高校三年の時から四年弱ほど付き合った男だが、その他《ほか》は男女にかかわらずごく短いサイクルでの交際しかしてきていない。むしろ拓真とは長く続いたほうなのである。

相手に対する慣れが高じてくると、どうしても意外性がなくなってくる。利明にはそれがとてもつまらなく感じられ、次々と新しい刺激を求めてしまうのだ。

外資系のイベント企画《きかく》会社でプロデュースなどを担当しているからかもしれない。入社して三年目、少しずつ現場プロデューサーとしてパート単位のプロデュースを任される機会も多くなってきている。常に新鮮《しんせん》なものにアンテナを張《は》り巡《めぐ》らせ、変化に対して敏感なので、自分の中でも停滞《ていたい》しているものへの興味が薄れてしまうのだ。

人はそれを安定とか平穏《へいおん》と言って評価するのかもしれないが、今の利明には退屈《たいくつ》だと感じられてしまう。ずっと変わらない気持ちを相手に対して持ち続けることが困難になるのだ。

もしも拓真にそれ以上のものが感じられるのなら、もう少しこのままでいても面白《おもしろ》いかと思うのだが、残念ながら顔と体が好みという以外には利明の興味を引くものは見つからない。そして拓真と同じ程度の男を見つけて新しい恋人にするのは、利明にとってそれほど難しいことではなかった。

どこかに利明を夢中にさせる人がいないのか、と思う。

常に新鮮な表情を見せて翻弄《ほんろう》してくれるような、そういう相手である。

そんな人と会えたなら、利明はきっとその人だけで満たされると思うのだ。男でも女でも構わない。十年かけても手の内を全部さらけ出さないくらい奥深いところのある人が欲しい。ものすごくミステリアスというわけではなくて、ちょっとずつ常に謎《なぞ》めいたところがあって、探《さぐ》ろうとしても探ろうとしても追いつけない部分がある。それが利明の理想だ。

現実に出逢《であ》えるかどうかはともかく、利明にその理想が捨てきれない限り、どうしても一人の恋人と長続きしないのだろう。

「利明はかっこいいけど、どこか冷めていて傲慢《ごうまん》だよ」

拓真は恨《うら》みがましそうに利明を睨《にら》んでいた。

こいつも悪くはなかったんだけどな、とこれまでの付き合いを反芻《はんすう》して思ったが、別れる気持ちを考え直すまでには至らない。

柔《やわ》らかな癖毛《くせげ》にちょっとわがままそうな目、キスの上手な唇《くちびる》も気に入っていた。

男女を問わず細めで綺麗《きれい》な人が好みなのは、最初の男の面影《おもかげ》をどこかに追っているからなのかもしれない。利明はときどき、あいつと別れてしまったのはなぜだったんだろう、と後悔《こうかい》することがある。今考えても、あれは最高に相性《あいしょう》のいい男だった。四年近く続いたのが何よりの証拠《しょうこ》だ。別れてからは一度も会っていないが、相変わらず白皙《はくせき》の美貌《びぼう》に負けず嫌《ぎら》いで強情《ごうじょう》そうな表情を垣間《かいま》見《み》せるのに違《ちが》いない。二十五になった今、あの美しい顔がどうなっているのか見てみたい気もする。別れて三年以上経《た》つが、まだ未練が残っているのかもしれなかった。

こんなに唐突《とうとつ》に拓真に別れ話を持ちかけたのだから、当然拗《こじ》れるのは予想していた。

拓真にどんなふうに詰《なじ》られても利明には受け止める覚悟《かくご》ができている。

「いつも僕より仕事優先で、ひどいときは一カ月近くほったらかしにしてくれてさ。僕が利明に惚《ほ》れているのをいいことにいつだってやりたい放題だった。挙げ句の果てがこれ？」

最低だ、と呟《つぶや》いて目を伏《ふ》せる。

利明はゆっくりとタバコを口に銜え、火をつけた。

「悪いとは思っているが、自分の気持ちに正直になると、この辺が潮時だろうと結論したんだ。だらだら惰性《だせい》で付き合うより、いいところで区切りを付けたい。俺のわがままなのは承知しているんだ。嫌《いや》か？」

「嫌に決まってるじゃない！」

拓真は腹立たしそうに利明から顔を背《そむ》けたまま言い捨てる。

オーダーした料理の皿が運ばれてきていたが、どちらも手を付けようとはしなかった。

いつもはもっとクールで遊び人の拓真がここまで別れることに反発するとは、利明もちょっと意外だった。拓真と一年続いたのも互《たが》いにある程度割り切った関係で、気楽だったからだと思っていた。しかし案外拓真のほうは利明に本気になっていたらしい。

こういう場合、きちんとした理由なしに収めることは無理そうだ。

拓真を納得させるには、嘘《うそ》でもいいから別れたい理由がいる。

利明は短くなったタバコをねじ消し、うやむやにすませようとしていた態度を改めた。尤《もっと》も、別れたい本当の理由を、そろそろ飽きそうだから、などと曖昧《あいまい》なもので通せないことだけは確かで、その点は適当に他の理屈《りくつ》をこしらえるしかない。

「実は、昔ものすごく惚れていたやつがいてな」

拓真が顔を上げる。

利明を見る瞳《ひとみ》には不安と猜疑《さいぎ》が混じっていた。

「ここ最近、そいつのことばかり思い出して、頭の中がいっぱいなんだ」

「どういうこと？　その人に会いでもしたの？」

「会わないさ。もう三年半ほど音信不通だ」

「じゃあなんで急に思い出したりしたわけ？」

「なんでかな。俺にもわからないが、ふとした拍子《ひょうし》に思い出すことが多くなって、最近ではそれがかなり頻繁《ひんぱん》になってしまったんだ」

利明が言っていることはまんざら嘘ではない。

それが拓真と別れたいと思った本当の理由でもないのだが、よく考えれば一つの発端《ほったん》になったことは確かかもしれない。

「だから僕と別れてその人と縒《よ》りを戻《もど》したいってこと？」

「まぁぶっちゃけた話、そうなんだ」

わかりやすい理由はそれしかないと思って、利明はそういうことにしておく。

拓真は眉《まゆ》を寄せて気難しそうに黙《だま》り込んだ。

まだ納得していないらしい。

それもそうだろう。理由がはっきりしたからと言って、感情でそのまま割り切ってしまえるほど人の気持ちは単純ではない。利明の自分勝手さはある程度理解していても、さんざん振《ふ》り回されてきた拓真が「はいそうですか」と簡単に退《ひ》くはずもない。

「二股《ふたまた》ってのは嫌なんだが、このままでは俺はそうしてしまう。だから別れたいんだ」

利明が重ねて言うと、拓真もやっと重い口を開く。

「その人と縒りが戻ると決まったわけじゃないのに？」

「痛いところを突《つ》くな、おまえも」

「だってそうじゃない」

拓真は唇を尖《とが》らせて言ったが、すぐに不満そうな表情を、いいことを思いついたようなひらめき顔に変え、身を乗り出してきた。

「利明、僕は構わないよ」

「なにが？」

「だから利明が二股をかけていても構わないってことさ」

やっぱりそうきたか、と利明は思った。

拓真はこういう感覚が非常にフリーでドライなのだ。この一年の間に利明と並行して何人かと関係を持っていたのも知っていた。知っていたからこそ今日の話ももっとすんなり納得《なっとく》するのではと踏《ふ》んでいたのだ。拓真の本命が利明なのは自覚していたが、ここまで執着《しゅうちゃく》されるとも想像していなかった。

「利明はどうせ僕の浮気《うわき》も承知していたよね。だったらお互《たが》いさまってことにすればいい。三年半も会っていないなら、相手にだって今の事情があるかもしれないし、利明が望むような結果にならない確率のほうが高いと思うよ。それなら今僕と別れるのは得策じゃないでしょ」

拓真は自分の考えにとても満足しているようだった。さっきまでの半ベソ状態から、いつもの小狡《こずる》い小悪魔《こあくま》的な表情に戻っている。思えば利明は拓真のこういうところに惹《ひ》かれて付き合い始めたのだ。

「本当にその人とうまくいきだしたら別れればいいよ。それなら僕も仕方がないと諦《あきら》められる」

「その間におまえも別の相手を見つけるわけか？」

「それもいいし……」

拓真がニヤリと唇の端《はし》を上げる。

「利明が落としたがっているその人が美人なら、僕も興味が湧《わ》くかもしれない」

「冗談《じょうだん》だろ」

さすがの利明も呆《あき》れてしまい、ちょっと焦《あせ》る。

そうだった。拓真はセックスにフリーで、男相手なら抱《だ》くのも抱かれるのもオーケーなのだ。真性のゲイだから女性の相手だけはできないらしいが、この場合、利明の言う相手を男だと信じて疑いもしていない。確かに男女の比率は七対三の割合で男と付き合うことが多い利明だが、真剣《しんけん》に惚れている相手と聞いて即座《そくざ》に男だと思われるのも、どこか複雑な気持ちになる。

「利明は面食いだもんね、さぞかしその昔の恋人《こいびと》は美人なんだろ？　僕も綺麗な人は好きだよ。ときどき三人でするってのはどうかな」

「ばかなことを言うな！」

「ほらほら、利明はこういうところは本当にお堅《かた》いんだよ。二股も躊躇《ためら》うくらい義理《ぎり》堅《がた》くてさ。案外その辺が原因で別れたんじゃないの？」

「違《ちが》う、まったく逆だ！」

つい大きな声を出してしまい、利明ははっとして周囲を見回した。

店内は週末の夕飯時とあって相当混雑している。多少大きな声を出したところで誰の注目も浴びはしなかった。

まったく逆だ、と口に出して言った途端《とたん》に、利明の脳裏《のうり》に苦い記憶《きおく》が甦《よみがえ》る。

別れるきっかけになった原因の一つを思い出したのだ。

「俺なんかよりそいつはよっぽど身持ちの堅いやつなんだ」

「へぇ……そう」

拓真の声が少し弱くなる。

どうやら利明が真剣なことに気づき、冗談の通じる雰囲気《ふんいき》ではないと感じたようだ。

確かに利明もいつの間にか本気の目をしてしまっていた。

もともとは別れ話のタネでしかなかったはずなのに、本気で縒りを戻そうかという気分にまでなってきている。

「当時、遠距離《えんきょり》でなかなか会えないもんだから、つい手近にいた別の男と冗談で寝《ね》てしまった。それがひょんなことからバレて、その場は宥《なだ》めて収めたつもりだったが、結局はずっとしこりになって残っていたんだろう。態度はよそよそしくなったし、連絡《れんらく》もつかないことが多くなった。こっちも意地になってしばらく放っておいたところが、いつの間にかどんどん遠い関係になっていったんだ」

「それで別れたってわけなんだ。ふうん」

もう拓真も面白《おもしろ》いことを考えているような呑気《のんき》な表情は消し去っている。

どうやら利明の決意が半端《はんぱ》なものではないと悟《さと》ったらしい。

利明もすっかりこれが適当な口実だという気持ちをなくしていたから、拓真に真剣さが伝わったのだ。

おかしな気分だった。

別れ話はうまく付けられそうな案配になってきたが、それ以上に利明は予想外の焦りを感じだしている。

あいつに連絡を取りたい。

その考えで頭がいっぱいになっていた。

今何をしているのか、どこにいるのか、知りたかった。

「同じ轍《てつ》を踏みたくないんだ」

「そうだろうね」

拓真は小さく溜息《ためいき》をつく。

「くどいようだけど、本当に本気なんだ？」

「ああ」

利明はきっぱりと答えていた。

いつの間にかすっかり本気になる決心をしてしまっている。こんな奇妙《きみよう》なことになるとはまさか考えもしていなかった。

「相手の今の状態も確かめないで、どうしてそんなに強気でいられるのか僕には到底《とうてい》理解できないな。僕が利明なら、僕と別れないね」

「おまえのそういう節操なしなところ、俺は好きだったぜ」

「もう過去形なわけだ。まったく！」

拓真に悔《くや》しそうに悪態をつかれたが、利明にはそうとしか言えない。

わかったよ、と拓真は溜息と一緒《いっしょ》に吐《は》き捨てるように返事をした。

「納得はできないけれど、利明が一度言い出したことなら、簡単に翻《ひるがえ》させるのが無理だってことはわかってる。せいぜい昔の恋人の尻《しり》を追いかければいいよ」

「拓真」

利明は拓真の寂《さび》しそうな顔を見ていると、少し罪悪感のようなものを感じた。結果的に今の気持ちは本気になったのだが、最初は単なる口実に過ぎなかった。そうやって自分に惚《ほ》れてくれている拓真をいい加減にあしらおうなどと考えたことを反省したのだ。

「俺はひどい男だな。つくづく自分でもそう思うよ」

「利明は僕がもっと簡単に別れると思っていたんでしょ?」

「ああ」

正直に答えると、拓真はフッと口元を緩《ゆる》めて笑う。

「まぁね、確かに僕はいろいろと他《ほか》でも遊んでいたけど。でも、遊びと本気はいつも分けて考えていたんだよ。利明もわかってくれているから知っていてもなにも言わないんだと思っていた」

「もしかして、俺に妬《や》かせたかったのか?」

「それもちょっとはあったかもね」

利明は本当に冷静で動じない男だったから、と拓真は言う。

「それともやっぱり僕は利明の本命じゃなかったから、いつだって平静でいられたわけ？」

「どうだろう」

改めて聞かれると返事に詰《つ》まる。

そんなふうに考えたことはなかったが、実はそうだったのかもしれない。確かに拓真がよそで誰と何をしていても、さして気を揉《も》んだことはなかった。嫉妬《しっと》を感じたこともない。会いたいときに会って、食事やセックスの時間を共有できれば、立派な恋人関係を成立させていると思っていた。

「考えてみたら僕と利明って、喧嘩《けんか》らしい喧嘩もしたことなかったもんね」

「そう言えばそうだな」

「やっぱりそういうのはなにか物足りないよね」

相手に対して本気だから腹も立つし、譲《ゆず》れない部分も多いのだ。

利明には拓真の言いたいことがよくわかる。

感情の起伏《きふく》が少ない関係を恋と呼ぶには抵抗《ていこう》がある。

結局二人とも料理にはあまり手を付けなかった。

この店は何度も利用したが、こんなことは初めてだ。今夜で最後だと思うと一年間にあったいろいろなことが懐《なつ》かしく思えてきて、のんびりと料理を食べているような雰囲気ではなくなっていた。

「こんなことを俺が言うのはなんだが、おまえはいい男だと思うぜ」

「そりゃあね。こうして物分かりのいい振《ふ》りをしてやってるんだから。それに今夜利明とここで別れても、いくらでも僕を慰《なぐさ》めてくれる相手はいるし」

「俺はどこでおまえをナンパしたんだっけ？」

「忘れたの？」

「いいや」

利明はこれで見納めの拓真のふくれっ面《つら》を楽しんだ。

「覚えてるさ」

拓真と会ったのはその手の嗜好《しこう》の連中が集まるクラブで、最初に利明の関心をひいたのは、細い肢体《したい》と汗《あせ》に濡《ぬ》れた健康的な肌《はだ》だった。ちゃんと覚えている。

「僕の踊《おど》る姿に見とれたと言ったのは？」

「覚えている」

「ブルドッグだと言って、ただのグレープフルーツジュースを差し出してくれたことは？」

「そんなこともあったな」

利明はそういう奇抜《きばつ》なことをした自分が今さらながらおかしくなってきた。普通《ふつう》は逆だが、それでは面白《おもしろ》くないと思ってしたのだろう。

「会ったその日にホテルに行こうと誘《さそ》ってきたのも？」

ああ、と利明は頷《うなず》いた。

決して拓真に対する気持ちは嘘《うそ》ではなかった。

ただ自分でも自覚しないままに、ずっと昔の男の影《かげ》を求めていたのだ。

たぶん誰と付き合ってもそうだったのではないだろうか。だから誰にも満足しなかったし、長続きもしなかった。なぜだろうと考えるときにも、何かが足りない、求めているものと違《ちが》う、底が割れてしまってこれ以上のものが見つからないならば別れて次の相手を探すしかない、そんなふうにしか頭が働かなかった。

本当に欲しかったのがなんなのか、利明にもようやくわかった。

わかったと同時にいつにない躊躇《ためら》いが生じる。

他の人間に対してならばいくらでも自信たっぷりになることができた。こいつは俺に惚れる、必ず惚れさせてみせる、という気持ちで突《つ》き進むのだ。何事もその気持ちが一番大切で、利明は仕事柄《がら》それを実感している。まずは鮮明《せんめい》なビジュアルを持つこと。そしてそれが実現するのだと信じ抜《ぬ》くこと。それがプロジェクトを成功に導く鍵《かぎ》だった。利明にとっては恋愛《れんあい》も同じことである。

ただ、今度だけはきっぱりとした自信が持てない。

時間が経《た》っているとか、一度別れたとかの問題でもないのだが、とにかく利明はあの男にだけは昔から弱いところがあるのだ。

それでも欲しい気持ちは確かにあって、気づいた以上知らない振りもできない。

どういう手順で行動するのが一番いいのか悩《なや》む。

拓真とは店の前で別れた。

利明は拓真の幸せを心の底から願いつつ、拓真の歩き去ったのとは逆の方向に歩き出す。今夜はもう一軒《いっけん》、一人で静かに考え事のできる店を探したい気分だった。


どこに行くというあてもなく、利明は今夜の気分に合いそうな店を探し歩いた。飲みに行く機会は多く、知っている店はたくさんある。しかしそういう場所ではなくて、まだ一度も入ったことのない店でじっくり今後のことを考えたい。

静かで薄暗《うすぐら》くて、客足も多くもなく少なくもないところがいい。

店構えとネーミングのセンスで、よさそうな店というのはある程度予測がつく。趣味《しゅみ》の悪い店はたいてい味も良くない。必ずそうだとは言えないが、ほとんどの場合それは当たっている。

尤《もっと》もこれから一人で食事をする気もないので、一杯《いっぱい》のバーボンを飲むくらいならば味は関係ないと言えばそうだった。ただ雰囲気《ふんいき》だけは大切だ。

店の数は多いのだが、これというところには行き当たらない。

やはり家に帰って飲み直すほうがいいだろうかとまで思い始めた頃《ころ》、ようやく利明の眼鏡《めがね》に適《かな》いそうな店を見つけた。

外に出してある小さなボードのメニューから、食事もできるタイプの店だとわかる。しかし居酒屋というよりはバーという感じで、ドアを押し開けるとそんなに広くもない店内の様子は利明が探していた雰囲気に限りなく近いものだった。

ここなら居心地《いごこち》がよさそうだと感じる。

利明は白いカッターシャツにネクタイを締《し》めた体格のいい男に迎《むか》えられ、店の奥のテーブルに席を占《し》めた。

店内は理想的な照明の絞《しぼ》り具合で、暗すぎることもなければ明るすぎて興醒《きょうざ》めなこともない。カウンターにはカップルが二組と一人客の五人が座ってそれぞれに談笑し合ったり一人の時間を楽しんだりしている。フロアのテーブル席には利明の他にもう一組がいた。

メニューを開くとボトルの揃《そろ》え方の本格的なことも利明を唸《うな》らせた。いつも飲むものは決まっているのだが、それでなければ迷って決めかねるほどの種類が置いてある。これまで知らなかったのが残念なほど面白い店だ。こういう場所を見つけるたびに、まだまだこの巨大《きょだい》な都市の細部は計り知れないと感じて嬉《うれ》しくなる。

お気に入りのバーボンを注文してから、タバコに火をつけた。

見るとはなしに斜《なな》め前にいる二人連れのテーブル客に視線がいく。そこだけがサラリーマン同士という組み合わせだった。

丸いテーブルに着いている二人のうち、利明がまともに顔を見ることができるのは、グレーっぽいスーツに可もなく不可もなくのネクタイを締めた、ごくごく普通としか表現しようのない希薄《きはく》な印象の男だった。誠実さと生真面目《きまじめ》さが滲《にじ》み出た顔つきをしている。穏《おだ》やかで平凡《へいぼん》な幸せを求める女性の夫としてなら文句なしというタイプだろう。

もう一人の方は横顔しか見えなかったが、こちらはハッとするほど綺麗《きれい》な顔立ちの男だった。すうっと通った鼻筋の美しさ、上品そうな口元、さらさらの髪《かみ》といった具合で、正面に回ったときが楽しみなような怖《こわ》いようなという感じだ。怖いというのは、たまに横顔の美しさを裏切ってくれる人がなきにしもあらずだからだ。整いすぎて魅力《みりょく》がないとか、正面から見たら意外と平凡だったということがたまにある。その場合は想像を裏切られたせいで通常よりもショックが増す。彼は紺色《こんいろ》のスーツを身に着けていた。肌が白いのでコントラストが映《は》える。

服装から受ける印象が似ているので、職場の同僚《どうりょう》かな、と最初は思った。

しかし、深刻な表情でボソボソと話す正面の男と、それをほとんど黙《だま》って聞いている美青年の間に流れる空気は、もっとベタな雰囲気がある。間違《まちが》っても楽しく飲みに来ているという感じではない。

バーボンをちびちびと舐《な》めながら、利明はちらちらと二人に注意を払《はら》い続けてしまった。

こんなにまで他人の様子が気にかかるとはどうしたわけなのか、自分でもうまく説明がつかない。思い当たるとすれば、たぶん、また悪い癖《くせ》が出たのだということだ。つまり、美青年の横顔が、まともに利明の好みなのである。

ついさっきまで拓真を相手に昔の恋人《こいびと》と縒《よ》りを戻《もど》すつもりだという話をしてきたばかりなのに、その舌の根も乾《かわ》かぬうちにこの体《てい》たらくだ。自分でもほとほと呆《あき》れる。

決心とはこうも簡単に崩《くず》れるものなのだろうか。

これでは本当に人でなしだ。

ああいう綺麗で神経質そうな男に弱いんだよな、と利明は情けないような気持ちで美青年を見てしまう。あまりじっと見つめ続けていると気づかれるかもしれないので、ちらちらと遠慮《えんりょ》がちに視線を掠《かす》めさせる程度にしていたが、そのたびに細い首や、テーブルにのせられた綺麗な指や、長い脚《あし》などを記憶《きおく》した。

振《ふ》り向いてほしいような、ほしくないような、複雑な気持ちである。

もし目が合えば、利明はきっと彼に笑いかけずにはいられなくなるだろう。向こうも一人ならばとうに声をかけているはずのところだ。

幸か不幸か美青年には連れがいる。

しかも、よくよく観察眼を働かせれば、間もなく利明には二人が単なる会社の同僚という以上の関係なのが推察できた。

ときどき漏《も》れ聞こえてくる会話の端々《はしばし》や、正面の男の表情、弾《はず》みのように美青年の手を握《にぎ》ってから慌《あわ》てて離《はな》した仕草などからして、もしやと思われたのだ。

二人はどうやら特別な仲らしい。

しかし、どうも別れ話をしているような感じだ。

利明はついに聞き耳まで立ててしまっていた。

「それでとうとう断れなくなって……」

男は困惑《こんわく》と諦観《ていかん》に満ちた元気のない声でそう言っている。

「仕方がないんだ。しょせん俺たちはサラリーマンだから、いずれは結婚《けっこん》して家庭を持たなきゃならない。きみだって今はまだ若いからいいけど、俺のように三十に手が届くような歳になってきたら、上司や親が放っておいてくれないぞ。覚悟《かくご》しておいたほうがいい」

ボソボソと喋《しゃべ》る声も、その気になれば聞き取れた。

どうやら正面の男に結婚話が出たという事情らしい。なるほどな、と利明は彼の諦《あきら》めと未練が混じったどっちつかずの態度に納得《なっとく》がいく。世間体《せけんてい》のために恋人と別れなくてはいけないのだから、それは悩むだろう。

男同士で付き合うとこの類《たぐい》の障害はついて回る。

ゲイだと周囲に公表しているならともかく、実際に日本でそこまで割り切ったことが許される環境《かんきょう》にいる人間は多くない。利明の周りには何人かいるが、それは業界的に特殊《とくしゅ》な場所に生きているからだろう。斜め前にいる二人のような典型的スーツ族にはとにかく世間並みというのが求められる。枠《わく》からはみ出そうとする人間にはとことん冷たい。そういう世界に身を置いているのがサラリーマンなのだ。

「ごめんな」

しょんぼりと肩《かた》を落とす男に、美青年は小さく首を振る。

長い睫毛《まつげ》が何度か揺《ゆ》れるさまに利明は見とれた。

「おれは気にしていないから」

ようやく口を開いた美青年の声も利明の想像通りだった。彼の声ならきっとこうだろうと思い描《えが》いたのとほとんど同じ、少しトーンが高めで細い、耳に馴染《なじ》んだタイプの声だ。骨格が似ていると声も似るものだからそんなに不思議なことではないが、美青年の声は利明に昔付き合っていた男のことをはっきりと思い出させた。

会いたい。

利明は美青年の声を引き金に我に返り、再度強く思った。

横顔だけの美青年に性懲《しょうこ》りもなく惹《ひ》かれている場合ではない。たまたま彼らが別れ話をしているからといって、それを喜んでいてはまた拓真やそれ以前の恋人にしてきたことを繰《く》り返す結果になるだけだ。美青年は利明に落とせるかもしれないが、一年後に利明自身が飽《あ》きる可能性も相当高い。

あいつでないと自分はだめだとわかったばかりのはずだった。

こんなところで何をぐずぐずと酒など飲んで、他人の事情を詮索《せんさく》しているのだろう。そもそも寄り道してゆっくりと考えようなどと思ったのが間違いだ。どう攻《せ》めるかを悩《なや》むより、当たって砕《くだ》ける方がいい場合もある。

電話をしよう、と思い立つ。

家に帰れば相手の実家の番号がわかる。付き合っていた当時は頻繁《ひんぱん》にお邪魔《じゃま》していたので、利明のことは覚えてもらっているだろう。現在の住所と電話番号を教えてもらうのは少しも難しいことではない。

利明がタバコを消して立ち上がろうとした矢先だった。

正面にいた男が利明より僅《わず》かに早く席を立ってしまう。ほとんど同時に美青年も立ち上がったが、男に首を振られて座り直していた。

あの男とレジで一緒《いっしょ》になるのもどうかと思い、利明は彼が出ていくのを待つことにする。

「じゃあ、元気でな」

「……後藤《ごとう》さんも、お元気で」

「転勤が結婚話の引き金になるなんて、本当に思いがけなかったよ」

最後まで未練がましいのは、美青年を振る立場の男のほうだというのが滑稽《こっけい》だ。

美青年は終始冷静で、恨《うら》み言も皮肉も言わない。ドロドロした感情とは縁《えん》のなさそうな穏やかさだ。横顔が寂《さび》しそうなことだけが、美青年の男に対する気持ちをどうにか伝えている。

男は美青年をその場に残して立ち去った。

この店を一緒に出ると、別れる決心が鈍《にぶ》るとでも心配したのだろう。

美青年が重い溜息《ためいき》をついた。

それをじっと見ていた利明には、彼が案外この別れに落ち込んでいることに、初めて気がついた。

本当は平静ではないのだ。

平静にしていないと男を困らせるから、敢《あ》えてそんな態度を保っていただけなのだ。

利明は美青年の憂《うれ》いをたたえた横顔からしばらく目が離せなかった。

気づいたときには、見られていることを感じて振り向いたらしい美青年とまともに目を合わせていた。

正面を向けた美青年は、利明を死ぬほど驚《おどろ》かせた。

美青年も唖然《あぜん》として目を見張っている。

想像したよりもっとずっと綺麗な顔をしているその美青年は、利明の気持ちを出会った頃《ころ》からずっと虜《とりこ》にしてきた、夏樹本人だったのだ。

夏樹が利明に会うのは三年半かそれ以上久しぶりだった。

どうしていつもこんなことになるのか、と眩暈《めまい》がしそうになる。

大学三年のクリスマス前に別れた二人は、社会に出てからのお互《たが》いをまったく知らずに過ごしてきた。スーツ姿での再会など予想したこともない。夏樹の脳裏《のうり》にいつまで経《た》っても居座り続けている強烈《きょうれつ》な印象の男は、いつも高校時代の制服姿か、大学時代のラフな格好のままだった。

きっとスーツの似合う男になっている、そう考えるだけで、夏樹の体は勝手に体温を上げてしまう。だからなるべく考えないようにしていた。別れた男にいつまでも捕《と》らわれている自分が惨《みじ》めだったし、新しい恋人《こいびと》にも申し訳なかったからだ。

いったいいつから利明に見られていたのかと考えると、間の悪さに舌打ちしたくなる。

一人客が斜《なな》め後ろのテーブルに着いたことは知っていたが、まさかそれが利明だなどとはちらりとも思わない。店内は適当に薄暗《うすぐら》くしてあったし、夏樹と、たった今別れたばかりの恋人とは、この二年間で初めての別れ話の真っ最中だったのだ。何度か首筋に視線は感じたものの、見つめられることにはある程度の免疫《めんえき》がついてしまっている夏樹は、振り向いても面倒《めんどう》が起きるだけのことが多いのを経験上わかっていた。

元恋人が去って一人になると、視線はますます強く執拗《しつよう》になった気がして、いったいどんな男が自分を品定めしているのかと腹が立ってきた。夏樹は睨《にら》んでやるつもりで振り返ったのだ。

「利明」

夏樹は茫然《ぼうぜん》としたまま、何年も口にしたことのない名前を呼んでいた。

「おまえ、夏樹じゃないか」

利明も同じくらいか、いや、もっと驚いている。

思いつく限り最低の再会だった。

よりにもよって昨日まで付き合ってきた恋人と別れる場面に立ち会われてしまったのだ。利明に二人がどんな用事で会っていたのか気づかれなかったはずはない。

もっと早く振《ふ》り向いて確かめればよかったのだ。

後悔《こうかい》しても仕方がないが、利明とはこんな縁ばかりあるので情けなくなってくる。

そもそも、高校時代の馴《な》れ初《そ》めにしても、今と似たような発端《ほったん》だった。一番知られたくないことを利明には知られてしまうような運命になっているのかもしれない。さすがに七年前よりぐんと大人《おとな》になった利明は、昔のように突然《とつぜん》むちゃくちゃなことを要求して脅《おど》してくるような気配こそなかったが、夏樹に居たたまれない気分を味わわせたのには変わりない。

この場から逃《に》げ出してしまいたかった。

けれど利明を久しぶりに目の前にした驚きと嬉《うれ》しさが勝っていて、体が動かせない。冷たくて傲慢《ごうまん》で夏樹を傷つけてばかりの男なのに、なぜこういつまでも忘れ去ってしまえないのだろうか。悔《くや》しくて泣きたい気分だ。

先に行動を起こしたのはやはり利明だった。

利明は固まったまま指一本動かせないでいる夏樹のテーブルまで歩いてくると、今し方まで元恋人が座っていたのとは別の椅子《いす》を引く。

「座ってもいいか」

いちおう夏樹の意志を確かめる素振《そぶ》りは示したが、ノーと言っても利明に退《ひ》く気がないのは確かだった。

すぐ目の前に腰《こし》を下ろした利明は、夏樹をぞくぞくさせるほど格好良かった。麻《あさ》のスーツにイエローのシャツ、そして趣味《しゅみ》のいいネクタイと、どこをとっても垢抜《あかぬ》けている。昔から整った顔をしていたが、今ではそれに貫禄《かんろく》まで加味されている。一目見て、仕事のできる男なんだろうな、と思わせる雰囲気《ふんいき》が全身から滲《にじ》んでいた。

利明は男女を問わずもてる男だ。

学生時代でさえそうだったのだから、今はそれ以上だろう。

別れて久しい夏樹でさえも、この男をまだ欲しいと感じている。広い胸板《むないた》に抱《だ》きしめられたいと思う。プライドも何もかも剝《は》ぎ取られ、身も心も奪《うば》われて、それでも構わないからという気分にさせる危険な男なのだ。

夏樹はじっくりと利明に顔を見つめられると、狼狽《ろうばい》してしまう。

指が震《ふる》えそうになるのを抑《おさ》え、精いっぱい何気ないふうにしているのは大変だった。

「こんな場所でおまえに会えるなんて、奇遇《きぐう》だな」

利明の方は憎《にく》らしいほど落ち着き払《はら》って見える。

悔しかった。

こんなふうに突然出会ったりすれば、本来気まずいのは利明であるべきなのだ。別れた理由は一概《いちがい》には言えないが、利明の浮気《うわき》が引き金になったことだけは間違《まちが》いない。大学に入ってからの遠距離《えんきょより》、それぞれが新しい環境《かんきょう》で手に入れた友人たち、何より、お互いが大切な存在だということを見失ったことなどは、全部二次的な遠因でしかなかった。

利明の浮気は、夏樹には相当ショックだった。

たまたま上京する機会があって、利明を驚かせてやろうと思って連絡《れんらく》もなしに訪ねてみたアパートに、他《ほか》の男が裸《はだか》で眠《ねむ》っていたのだ。

言い訳など聞きたくなくてそのまま背中を向けて帰ったが、あのときの潰《つぶ》れそうな胸の痛みは今でも覚えている。新幹線でアパートに帰る間中堪《こら》えていたものが、部屋に辿《たど》り着くなり噴《ふ》き出した。止めようにも止まらなかった。何度も何度も電話は鳴っていたが、涙《なみだ》と慟哭《どうこく》が止まらなくてとても取る気になれなかった。

利明は高校時代から夏樹に平気で酷《ひど》いこともできる男だったが、浮気をするとは思っていなかった。勝手にそう信じていたわけだ。利明に愛されているという自信がそれなりにあったからだろう。そんな自分の能天気さが滑稽でたまらなくて、学友が心配して部屋に訪ねてくるまで、三日間籠《こ》もりっぱなしだった。

結局業《ごう》を煮《に》やした利明が夏樹のところまでやって来た。

大学の授業も放りだして、夏樹にも講義を休ませて、二日間セックスし通しだった。とりあえずその場はそれで仲直りした、と言うべきだろう。利明と肌《はだ》を合わせている間は、まだ大丈夫《だいじょうぶ》と思っていた。しかし利明が東京に戻《もど》ってしまうとたちまち空虚《くうきょ》さが甦《よみがえ》り、心にぽっかりと空いてしまった穴はどうしても埋《う》められなかった。

利明のことを考えていると自分がだめになってしまいそうで、極力別の友人と気の紛《まぎ》れることをしているように努力した。

案外利明も同じ気持ちでいたのかもしれない。

連絡が途絶《とだ》えがちになりだしたのはその頃からだ。

秋の初めに利明の浮気を知って、冬が本格化する頃に別れた。

別れまいとする努力を、夏樹も利明ももうしなかったのだ。

夏樹は当時の悔しかった気持ちを思い出し、自然と唇《くちびる》を噛《か》みしめてしまっていた。

利明には会いたくなかった。会いたかった気持ちと同じくらい、会いたくなかったのだ。会えば心がざわついてしまうのがわかっていた。また虚《むな》しい気分にさせられるのは嫌《いや》なのだ。ことに、さっき別れたばかりの男との穏《おだ》やかで優《やさ》しい関係に慣れてしまってからは、傷つくことに臆病《おくびょう》になっている。

「夏樹」

また利明に名前を呼ばれた。

利明が夏樹を呼ぶ声は以前と少しも変わらない。

狡《ずる》いと思った。

まるで別れていた間がなかったことのように錯覚《さっかく》させられる。

「今、なにをしているんだ?」

ウエイターが利明の飲み物を新しく作り直してきた。利明がそう頼《たの》んだのだ。このまま夏樹を放す気はないらしい。確かにもう二人とも過去を水に流していいだけの時間を過ごしてきた。今さらどんな未練も拘《こだわ》りもないことを証明するためにも、夏樹は逃げ出せないのだ。そうでないとあまりにも利明に対してみっともない。くだらない見栄《みえ》かもしれないが、夏樹の強情《ごうじょう》さはもともと性格からなのだ。

「普通《ふつう》にサラリーマンをしている」

乾《かわ》いてしまっている唇を軽く舐《な》めて湿《しめ》らせながら、夏樹は返事をした。

指の震えを隠《かく》して顔に落ちかかってきていた前髪《まえがみ》を掻《か》き上げる。

利明は夏樹の仕草を逐一《ちくいち》観察していて、夏樹はもう少しで「見るな」と尖《とが》った声を出したくなった。利明の鋭《するど》い視線は夏樹の本心を見透《みす》かすようで、落ち着かない。昔からそうだった。

どこの、と聞かれて社名を答えると、利明はすぐに「ああ」と反応した。名前を言えば知らない人はまずいない、某《ぼう》大手メーカーなのだ。

「おまえらしい選択《せんたく》だな。総務かなにかか?」

「人事部にいる」

「なるほど」

利明はニヤリと笑う。

ますます夏樹らしいと言いたそうな顔つきをしていた。

「きみは?」

知りたいのと知らずにいたいのと半々だったが、自分のことばかり喋《しゃべ》らされるのが癪《しゃく》に障《さわ》って、夏樹からも利明の現状を聞く質問をした。

「俺は外資系のイベント企画《きかく》会社でプロジェクト推進を担当している。おまえの会社の仕事も引き受けたことがあるぞ。担当は本社営業企画部の連中だったが」

「……なんだ、そうだったのか」

「今年の夏のキャンペーン案はうちが手《て》がけたものだ」

人事畑の夏樹には利明の仕事の詳細《しょうさい》はわからなかったが、今真っ最中の夏の企画が世間でも話題になっているのは知っている。あれは利明の会社がした仕事だったのかと思うと、こうして夏樹が知ろうが知るまいが、利明との縁《えん》は切れていないのだと改めて認めさせられた気分だ。

今夜ここで偶然《ぐうぜん》の出会いをしていなくても、いずれ他の場所で会うことになっていたのかもしれない。

「三年目になると仕事も面白《おもしろ》くなってくるな。おまえはどうだ？」

「人事部の三年目なんて、まだまだ上の雑用係だ。楽しいと言うには語弊《ごへい》がある」

「さっき一緒《いっしょ》だった男も同じ部だったのか？」

いきなり切り込まれて夏樹は一瞬《いっしゅん》言葉を詰《つ》まらせる。

利明は平然とした顔つきのままだ。

夏樹も動揺《どうよう》を押し殺した。

「以前はそうだったけど、四月の異動で広島に転勤になったんだ」

「今夜はたまたま東京に戻っていただけということか」

「明後日《あさって》の日曜日に、結納《ゆいのう》をするらしい」

なぜこんな話を利明にしているのだろう、と夏樹は歯噛《はが》みしたくなる。

利明には何も関係がないはずだ。

周囲の期待に追いつめられた元恋人《こいびと》が、三カ月悩《なや》んだ挙げ句、夏樹との関係に今夜きっちりとけりをつけてくれたのも、夏樹が振《ふ》られてまた一人になってしまったことも、利明にはまるで関係ない。

「あの男と、付き合っていたのか？」

「答える必要はないだろう」

夏樹は腹立たしさと苛立《いらだ》ちで、刺々《とげとげ》しい口調になる。

利明が眉《まゆ》を寄せたが、構わなかった。

「きみとは何年前に別れたと思っているんだ」

さすがに利明もすぐには言葉を返せないようだ。

手元のグラスを呷《あお》ってから、タバコに火をつける。

夏樹は利明がタバコを吸うようになっていたことさえ知らなかった。四年近くのブランクは確かにあったのだと思わされた。

「別れたんだよな、俺たち」

長く煙《けむり》を吐《は》き出しつつ、利明が今さらのようにそんなことを言う。

考えてみれば、確たる別れの言葉もなしに疎遠《そえん》になった二人だった。ちゃんとした区切りのある別れではなかった。会わなくなったのはいつ頃《ごろ》か、と考えていって初めて、ああ、クリスマス前だ、あの最後の約束を二人して反故《ほご》にしたのだ、という認識《にんしき》になる。クリスマスに会うのをやめようか、が、そのまま、付き合うのをやめよう、と同じ意味になった。

もちろんそう気づいたのはずいぶん後になってからだ。

はっきりと別れなかったことを、後から夏樹は死ぬほど後悔《こうかい》した。今でも未練が残っているとすれば原因はそれだと思う。

「夏樹。今はどうなんだ。俺のこと、恨《うら》んでいるか？」

「恨んでない。むしろ自分がおめでたかったことに呆《あき》れている」

「なんだか棘《とげ》のある言い方だな」

「ならどう言えばいい？　浮気を……体でごまかそうとした男のくせに」

後半は声を低めて独り言のように囁《ささや》いただけだが、利明にははっきりと聞き取れたらしく、タバコの煙に噎《む》せていた。まさかそんな大胆《だいたん》なセリフを夏樹が口にするとは意外だったのだろう。夏樹自身、自分のはすっぱな言葉に驚《おどろ》いている。しかし、この本音があのとき言えなかったから、ずっとしこりが残ったのだ。

やっぱり会うべきではなかった。

夏樹は利明とこうして向き合っていると、徐々《じょじょ》に懐《なつ》かしさが込み上げてきて、昔の感覚を取り戻してしまい、行き着く先が見えるようで怖《こわ》くなる。

「帰る」

「待てよ」

椅子《いす》を引きかけた途端《とたん》に利明に手を摑《つか》まれた。

ビクッと全身で反応してしまう。

触《ふ》れられていると感じると、たちまち動悸《どうき》が激しくなる。

「まだ帰るな」

利明は命令するというより頼む口調でそう言うと、真剣《しんけん》な眼差《まなざ》しを夏樹に向けてくる。

こんな目で見つめられると錯覚しそうだった。

未《いま》だに夏樹の恋人は利明のような気がしてしまう。利明がフリーな状態でいることなど夏樹にはとても想像できないのだ。そのくらい利明は魅力《みりょく》的な男だった。夏樹などスーツを着こなしている姿を見せられただけで欲情する。

「手を、放せよ」

「どうした。震《ふる》えているのか、おまえ」

「きみがいきなり手を摑むからだ」

「おまえが話半ばで逃《に》げようとするからだろうが」

逃げる、という言葉が夏樹の頭をカチンとさせた。

事実を利明の口から突《つ》きつけられると、夏樹はいつもむっとしてしまう。

「逃げたりなんてしない」

「ならまだ帰るなんて言うんじゃない。しかも言い逃げとは狡《ずる》いぜ。この際だからはっきりさせようじゃないか、夏樹」

利明にぐっと睨《にら》みつけられて、夏樹の背筋を緊張《きんちょう》が走り抜《ぬ》けた。

こういう目をした利明は絶対に狙《ねら》った獲物《えもの》を逃《のが》さない覚悟《かくご》でいるのだ。夏樹は自分の気持ちを底まで探《さぐ》られた挙げ句、目の前に突きつけられそうで、恐《おそ》ろしかった。

瞳《ひとみ》に浮《う》かべた微《かす》かな怯《おび》えの色を、利明が見逃《みのが》すはずはない。

利明はゆっくりと掴んでいた手を離す。

もう夏樹に逃げる気力がないことを知ったからだ。

「さっきの男とは何年続いたんだ？」

「関係ないだろう」

「答えろよ、夏樹」

「嫌《いや》だ」

夏樹は強く首を振って拒絶《きょぜつ》する。

何もかも思いどおりになると利明に勘違《かんちが》いしてほしくない。昔とは違《ちが》うのだ。

「なぜおればかりプライベートを明かす必要があるんだ。おれのことが聞きたいのなら、まず自分のことから話すべきだ」

「俺の何を知りたいか言えばいい。俺に答えられることなら答えてやる」

「……きみには……」

まさか利明があっさりと夏樹の聞きたいことに答えてくれるとは考えもしていなくて、一度は言いかけたものの、躊躇《ためら》って言葉尻《ことばじり》を濁《にご》してしまう。チラリと確かめた利明の顔は、相変わらず自信たっぷりで、傲慢《ごうまん》そうで、そのうえなんだか面白がっている感じもする。

「どうした。なにも聞くことがないのなら、おまえが俺の質問に答えろよ」

そう言われると夏樹もたちまちキッと眦《まなじり》を吊《つ》り上げてしまい、強気な表情を浮かべた。大人《おとな》げないとは思うのだが、利明に対すると夏樹はどうしても意地を張る癖《くせ》が抜けない。

「きみには今恋人がいるのか？」

いる、と言う返事を予想しての質問だった。利明が「いる」と答えたら、なら自分のことなど詮索《せんさく》するなと続けるつもりだった。

ところが、利明はあっさりと、

「いない」

と答えたのだ。

夏樹はにわかには信じられなかった。

「なぜ？」

信じられないものだから、そんな質問をしてしまう。

利明は呆れたように夏樹を見た。

「いない、と正直に答えて、なぜ、と聞かれるとは思わなかったぞ。俺に恋人がいないのに理由がいるのか。おかしな男だな」

「きみにはてっきり、いると思っていた」

夏樹が正直に答えると、利明はここぞとばかりに皮肉な言葉を続ける。

「恋人の一人や二人、か？」

夏樹は黙《だま》り込むしかない。

嫌な性格だ、と苦々しくなる。こんなところは高校時代から少しも変わっていない。きっと一生変わらないのだろう。

「信じようが信じまいが構わないが、俺も恋人と別れたばかりだ。だからこんな週末に一人でここに来たんだ」

「振《ふ》られたのか？」

利明はあからさまに不機嫌《ふきげん》そうな顔をする。

「言っておくがな、夏樹。俺を振ったのは後にも先にもおまえ一人だ」

「おれは振ってない」

夏樹はここぞとばかりに否定した。

それだけは前からずっと、いつか利明にはっきりと示しておきたいと思っていたことだ。

「振ったのはきみの方だ」

「ばかを言うな！」

利明もここは譲《ゆず》らない、とばかりに意気込んでくる。

「俺はちゃんとおまえに謝っただろうが。わざわざ新幹線に乗って、おまえのアパートの前で何時間も帰りを待って、二日間かけて仲直りできたと思っていた。でもおまえはやっぱり俺を許せなかったんだ」

「誰が許してないなんて言った。おれは許したつもりだったのに」

「その後何度か電話しても、忙《いそが》しいの一点張りで俺を避《さ》けていたくせに」

「あれは！」

夏樹は恥《は》ずかしさのあまりとても正直に答えられず、困惑《こんわく》した表情をしてみせた。

利明がずっと傍《そば》にいないから心が寒くて、その状態に慣らされてこれ以上自分が弱くなることに耐《た》えられなかった、などとは口が裂《さ》けても言えない。そんな弱みを赤裸々《せきらら》に告白することなど夏樹にはできなかった。

「俺はな、夏樹」

利明が静かに、そしてこれまでにないほど優《やさ》しい調子で言う。

「今夜ここでおまえと会う前、ずっとおまえのことを考えていた」

「利明？」

こんなに素直《すなお》な告白をする利明は初めてだ。

夏樹は意外すぎてどう反応すればいいのかわからない。

「俺たちはどうして別れたんだろうと不思議で仕方がなかったんだ。もう一度おまえに会って、話をして、きっと俺に惚《ほ》れ直させてやる、と思っていたんだぜ」

「まさか、そんなこと……」

「嘘《うそ》じゃない」

利明の目はとても真摯《しんし》だった。

「言葉が足りなくてあのときだめになったのなら、今度は俺も正直に言う」

「利明」

「別れていた間に、男女構わず何人ものやつと付き合った。おまえはさっき一緒《いっしょ》だった男と結構長く付き合っていたようだが、俺はどうしても一人と続かなくて取っ替《か》え引っ替えだったんだ。遠回りしてしまったと自分でも思っている。俺はおまえでないとだめなんだ、夏樹」

「待てよ、そんな……困る、困るじゃないか」

夏樹は狼狽《うろた》えてしまっており、どうすればいいのかわからない。

利明からこんな言葉をもらうなど、あるはずがないことだった。現に聞いても尚《なお》実感が湧《わ》かないくらいだ。

「困る、利明」

夏樹が弱々しく否定しても、利明は聞く耳を持たなかった。

「おまえが恋人《こいびと》と別れたばかりなのはもう知っているんだぞ。なにが困るんだ」

「きみは、おれの気持ちを無視している」

「なら言ってみろよ。おまえの気持ちを俺に聞かせてくれ」

あまりにも展開が急すぎる。

夏樹は頭がクラクラしてきて、何がなんだかわからなくなってきた。

利明のことを欲しいと感じたのはついさっきだ。広くて頑丈《がんじょう》な胸板《むないた》を見た瞬間《しゅんかん》、もう一度抱《だ》き締めてほしいと思って体の芯《しん》が疼《うず》いた。

こんなにもまだ利明に心を残していたのかと狼狽《ろうばい》したばかりである。

二年間も付き合ってきた優しい年上の男と別れたばかりだというのに、自分の節操のなさが恥ずかしくなる。

今すぐ気持ちに正直になるには、相当な勇気が必要だった。

「夏樹」

利明が躊躇いもせずに夏樹の手を握《にぎ》ってくる。

ここが公《おおやけ》の場で、誰の目に触《ふ》れるかもわからないというのに、利明は一向に構わないようだ。それだけ利明のほうは気持ちを確かにしているということなのだろう。

強く握られた手から利明の熱を感じて、夏樹の心臓は高鳴る。

空いているほうの手でおぼつかなく髪《かみ》を掻《か》き上げ、額に手の甲《こう》を当て、なんとかして気持ちを落ち着けようとするのだが、なかなかうまくいかない。

「おまえは強情《ごうじょう》すぎるぞ」

痺《しび》れを切らしたのか、利明が溜息《ためいき》をつく。

夏樹は俯《うつむ》いてしまった。

「……来いよ」

促《うなが》されて顔を上げると、利明はすでに立ち上がっている。

夏樹のテーブルの伝票はすでに元恋人が精算してしまっていた。利明は自分の分の伝票だけを摑《つか》み、さっさとレジに向かっている。

ここで利明とうやむやになるのはさすがに嫌だ。中途半端《ちゅうとはんぱ》すぎる。

夏樹は仕方なく利明の背中について店を出た。


利明が立ち止まった場所は、緩《ゆる》やかな坂道の両側にホテルがずらりと並ぶ、あまりにも目的が露骨《ろこつ》な道の入り口だった。

利明はそこで夏樹を試すように振り返る。

「おまえがしたいようにしろよ、夏樹」

したいようにしろなどと突《つ》き放されたのは初めてだ。

夏樹は戸惑《とまど》った。

「俺はおまえのしたいようにしてやる。このまま帰りたければそう言えばいい。俺は二度とおまえに関《かか》わらないと約束する。それとももしこの先のどこかで俺の気持ちを受け入れる気があるのなら、おまえが俺を連れていけ」

「それ以外の選択肢《せんたくし》は？」

「まだ他《ほか》になにが必要なんだ？」

あっさり切り返されてしまう。

確かに、今まで向き合って話をしておきながら埒《らち》があかなかった二人だ。利明はそこまで無茶を迫《せま》っているわけでもない。言葉で素直《すなお》になれない夏樹には、これ以外の選択肢があったとしても無駄《むだ》なだけかもしれなかった。

「利明、おれは恋人と別れたばかりなんだぞ」

「だからなんだ」

「急すぎる」

夏樹は利明をどうにかして納得《なっとく》させ、この場を切り抜《ぬ》けたかった。

ここでまったく縁《えん》が切れてしまうのも嫌《いや》だが、前の男と別れた一時間後にもう利明を受け入れることにも抵抗《ていこう》がある。もう少し考える時間が欲しいのだ。

けれど利明には夏樹を甘やかす気はないようだ。

「なにを悩《なや》むことがあるんだ？　今夜はだめでも一週間後ならいいのか？　その根拠《こんきょ》は？　たとえば一週間後、いや、明日にならおまえは俺を好きになれるのか？　今だめなものが一日待てばよくなるなんて単なるごまかしだ。そうだろうが」

「利明。おれを混乱させないでくれ！」

「いいか、夏樹。今おまえが考えないといけないのは俺のことだ。俺のことだけ考えろ。明後日《あさって》結納《ゆいのう》する男に変な義理立てしてどうする。向こうがおまえにそんなことを望んでいると本気で思うのか？」

「それは思わないが。要はおれの気持ちの問題だ。今夜突然《とつぜん》再会して、今すぐにこれから先のことを決めさせるなんて横暴だ」

「横暴？」

利明はせせら笑う。

「おまえは俺みたいに横暴にしてくれる男が本当は好きなんだろうが」

傲慢《ごうまん》なほどの自信をみせつけられて、夏樹はくらくらしてきた。

いつも利明はそうだった。

今もきっと、夏樹の気持ちが絶対に自分のほうを向いていると信じているのだ。悔《くや》しいがそれは事実だった。認めたくはないが、利明と別れてからも、そして違《ちが》う恋人と穏《おだ》やかな関係を築いていた最中《さなか》でさえも、心の片隅《かたすみ》で利明のことを想《おも》わないときはなかったのだ。

ここでノーと拒絶《きょぜつ》すれば利明は二度と手に入らない。

夏樹にとってそれは自尊心や躊躇《ためら》いと引き替えにできるものではなかった。

イエスと言えばいい。簡単なことだ。

夏樹の体はすっかり利明に抱かれることを期待してざわざわと興奮し始めている。意地を張

TELe
HOTEL
案内
800円

る理由など実はどこにもないのだ。どうせもう、利明には夏樹の気持ちなどわかっているはずだった。わかっていて夏樹を試しているに過ぎない。

ホテル街の入り口にいつまでも男二人で立っているのは気まずかった。

既《すで》に何人かの通行人やカップルたちから、じろじろと奇異《きい》な視線を浴びせられている。

一度だけ軽く唇《くちびる》を噛《か》んでから、夏樹は真っ直《す》ぐに頭を上げて前を見た。

そのまま利明の傍《かたわ》らをすり抜けて、坂を上っていく。

利明もすぐ背後からついてきた。

迷ったのは最初の一歩を踏《ふ》み出すときだけだった。

夏樹はいつだってそうなのだ。

ちょっと強引《ごういん》すぎたかもしれない、と反省する気持ちが利明の胸中にも居座り続けていたのだが、一度決心すると驚《おどろ》くほど大胆《だいたん》になってしまえるのが夏樹という男だ。

男同士で入っても咎《とが》められないホテルにちゃんと心当たりがあったらしく、利明になんの助言も求めず、勝手に選んだ建物のエントランスに入っていく。夏樹が利明以外の男とも何度もこういう場所に来たことがある事実を再認識《さいにんしき》させられて、利明はいい気がしなかった。しかし、別れていた間のことをどうこう言っても仕方がない。そんな権利はお互《たが》いにない。夏樹など、利明が感じている苛立《いらだ》ちの十倍は嫌な気分でいるのかもしれないのだ。

部屋を決めてフロントで鍵《かぎ》をもらい、エレベーターで五階まで上がる。

その間会話らしい会話はしなかった。

沈黙《ちんもく》は決して苦痛ではなく、ただ気恥《きは》ずかしいだけだ。

夏樹のことを愛してる。利明ははっきりとそう嚙みしめていた。四年近く経《た》ってますます磨《みが》きのかかった美貌《びぼう》も、強情《ごうじょう》で負けず嫌《ぎら》いな性格も、どうして離《はな》れていられたのか不思議なくらい利明の求めていた理想そのものだ。

今夜の出会いは偶然《ぐうぜん》という装いを纏《まと》った必然だったのだと思う。

昨夜でも明晩でもなく、今夜だったからこそ、利明も夏樹も大切なものを見失わずにすんだのだ。

利明が今すぐにどちらかを選べと夏樹に迫ったのも、そんな気持ちがあったからだった。

今決心しなければ意味がない。

利明には啓示《けいじ》にも似た確信があった。

そして、こういう場合のそれが外れないことは、経験からわかっていた。

部屋に入ると、夏樹は深くて長い溜息をついた。

同時に緊張《きんちよう》が解《ほぐ》れたようなのもわかる。

「無理してないだろうな？」

利明の言葉に、夏樹はきっぱりと首を振《ふ》って応《こた》えた。

癖《くせ》のないさらさらした髪が額に下りてきて、夏樹の細い指がそれを掻き上げる。変わらない仕草だった。変わったのは紺色《こんいろ》のスーツに締《し》めた禁欲的すぎる印象のネクタイだけだ。利明はすぐにでも結び目に指をかけて解いてみたくなった。

「シャワーを浴びてもいいか？」

大きなダブルベッドがやたらと存在感を示しているこんな場所では、目的だけがあからさまにされて、ほとんど情緒《じようちよ》というものがない。

利明は少し後悔《こうかい》した。

いっそのこと、自分の部屋か夏樹の部屋に行ったほうがまだよかっただろう。

夏樹は利明の返事も待たず、上着を脱《ぬ》いでソファの背に掛けていた。

利明もネクタイを緩める。

「一緒《いっしょ》に浴びようか」

夏樹もすっかり腹を決めているようで、軽く目を見開いたものの、異は唱えない。いざとなったら利明より夏樹の方が潔《いさぎよ》いところがあるかもしれない。決めるまでは相当慎重《しんちょう》に躊躇う性格だが、後は肝《きも》が据《す》わっている。そういうところも利明は気に入っていた。

夏樹のネクタイは利明が緩めて引き抜いた。

衣擦《きぬず》れの音が淫靡《いんび》に感じられる。特に絹がたてる音はとてもエロティックだと利明には思えた。

「おまえのことが好きだ」

カッターシャツの隙間《すきま》から夏樹の胸に手のひらを這《は》わせながら、利明は自分でも気恥ずかしいほどストレートな告白をした。

「照れくさいじゃないか……」

夏樹も心持ち顔を赤くして俯《うつむ》く。

「……きみは、いつものようにもっと傲慢でいるほうが似合う」

「それだとまたおまえを逃《に》がしてしまうかもしれないだろうが」

それとも、と言いつつ、利明は夏樹の顎《あご》を持ち上げて上向かせ、淡《あわ》い桜色の唇を親指の腹で撫《な》でる。

「おまえは俺から逃げないと誓《ちか》うのか？」

「さあ、どうかな」

夏樹は艶《つや》の混じった眼差《まなざ》しで利明を流し見ながら曖昧《あいまい》な返事をする。

そして唇を愛撫《あいぶ》していた利明の指を、猫《ねこ》のように舌を這わせて舐《な》めてくる。舐めるだけでは飽《あ》きたらず、白い歯を立てて軽く嚙んだりもした。

「おれに誓わせるより、利明が逃がさないと強気でいればいい。おれは、きっと……」

夏樹は思わせぶりに言葉を切って利明をわざと焦《じ》らしてから続ける。

「きっと、そんな利明のことを、ずっと好きでいられると思う」

「夏樹」

利明はあまりの愛《いと》しさに、夏樹の細身を両腕《りょううで》で抱《だ》き竦《すく》めていた。

腕の力が強すぎるのか、夏樹が息苦しそうに身動《みじろ》ぎする。けれど抱きしめられて安堵《あんど》と幸せを感じているのは利明にもはっきりとわかるのだ。

小さな吐息《といき》をついたばかりの唇を利明はしっかりと自分の口で塞《ふさ》いでやった。

頭の芯《しん》が痺《しび》れるような気がする。

夏樹とのキスは利明を夢中にさせた。

何度も何度も角度を変えて、唇の粘膜《ねんまく》を接合させたり、舌を絡《から》ませ合ったり、唾液《だえき》を混ぜ合って交換《こうかん》したりした。

「だめ……」

途中《とちゅう》から夏樹がかくん、と膝《ひざ》を折ってしまい、弱音を吐《は》く。

すかさず腰《こし》を抱き寄せて支えつつ、何がだめだ、と耳朶《みみたぶ》に息を吹《ふ》き込みながら囁《ささや》く。

「そんなにしたら、キスだけで達《い》きそう」

「ばかを言うな」

「本当なんだ、利明」

確かに夏樹の前はすっかり張り詰《つ》めて硬《かた》くなっている。

ズボンの上から強張《こわば》った塊《かたまり》に触《ふ》れ、利明は夏樹の言葉がまんざらオーバーでないことを知った。

「きみとキスをすると、おれはいつもこんなふうになってしまう。前からそうだ。知っているだろう？」

「ああ。そうだったな」

風呂《ふろ》に行きたい、と夏樹がせがむので、利明は残りの衣服を全部脱ぎ落とさせた。自分の服も脱いでしまう。

全部さらけ出した夏樹は本当に綺麗《きれい》だった。

久しぶりに見て感嘆《かんたん》する。

利明が夏樹の全身を舐めるように眺《なが》めていたからか、夏樹は嫌《いや》がってさっさと浴室に逃げてしまった。

もちろん利明も後からすぐに追いかけた。

湯船の中で抱いてしまいたいのを堪《こら》えていたせいで、ベッドに移動してからの利明は昂《たかぶ》りきっていた。

浴室で石鹸《せっけん》を使ってたっぷりと解《ほぐ》していた後ろの窄《すぼ》まりを一気に背後から貫《つらぬ》く。

「あああっ！」

夏樹の口から迸《ほとばし》り出た悲鳴は、悦《よろこ》びに濡《ぬ》れて艶っぽいものを含《ふく》んでいる。

新年度から地方に転勤していたという男とずっとしていなかったせいなのか、びっくりするほど貪欲《どんよく》に利明を貪《むさぼ》って、離すまいと引き絞《しぼ》ってくる。

利明はただでさえ夏樹の体には弱いのに、こんなふうに淫《みだ》らに締めつけられたらたちまち達ってしまいそうになる。

久しぶりなのにそんな不甲斐《ふがい》ないことにはしたくなくて、必死で保たせる努力をした。男の意地《いじ》というものだ。

はしたなく雫《しずく》を浮《う》かべている夏樹の前を弄《いじ》って宥《なだ》めながら、ゆっくりと腰を抜《ぬ》き差しした。

夏樹の嬌声《きょうせい》が途切れ途切れに唇《くちびる》から洩《も》れてくる。それがまたなんとも色っぽかった。

「あっ、あっ、あ」

「気持ちいいか」

「いい。あああ、あ」

「素直《すなお》だな」

利明がからかうと夏樹もはっとして唇を噛《か》んだりシーツを引き摑《つか》んで耐《た》えようとするのだが、次々ともたらされる快感に、すぐにそんな努力を放棄《ほうき》してしまう。片頬《かたほお》をシーツに擦《こす》りつけて睫毛《まつげ》や尖《とが》った顎をふるふると震《ふる》わせるさまは、利明の気持ちを熱くさせた。骨が折れるほど抱きしめてやりたい。細い体に自分のものだというしるしを散らして回りたいと思う。

高校時代に無理やり奪《うば》った体は、すっかり男同士のセックスに慣れていた。乱暴に奥まで突《つ》き上げても、痛みより悦びが勝っているのが体の反応と喘《あえ》ぎ声でわかる。前から淫らな男だったが、今はそれ以上だ。利明には昔から昼と夜とであまりにも違《ちが》う顔を見せる夏樹の意外性が好ましかった。

そのうえ夏樹にはいつもどこかに新鮮《しんせん》な驚《おどろ》きがある。捉《とら》えたと思ってもまた違《ちが》う部分を知らされて、興味が尽《つ》きるということがない。たまにそれが不可解さや不安を呼び起こし、利明を苛立《いらだ》たせたりもした。夏樹の全部を自分の手中に把握《はあく》しておきたいと焦《あせ》ることもあった。関係がしっくりといっていないときなどは特に、ミステリアスがマイナス要因に変わることもままあった。

りしたのだ。

だから一度は疎遠《そえん》になってしまったのかもしれないと思う。もういいと投げ遣《や》りになって、夏樹の代わりなどいくらでも見つけてみせると意地になった

別れてみたから相手が自分にとってどれだけ大切な存在なのかがわかった。

利明はやっとそんなふうに考えることができるようになっていた。

夏樹の代わりが務まる人などいないのだ。

「俺はおまえでないとだめだ」

夏樹の熱く湿《しめ》った中を股間《こかん》のもので蹂躙《じゅうりん》しながら、利明は熱い吐息を洩らす。

気持ちがよくて、よくて、腰からじわじわした快感が全身に広がっていく。

「うう、あっ、あああ」

利明の動きに合わせて夏樹も細い腰を揺《ゆ》すりたてていた。

普段《ふだん》は慎《つつ》ましく閉じているはずの入り口はいっぱいに広げられ、利明の硬く撓《しな》る勃起《ぼっき》を必死で受け止めている。引き伸《の》ばされて張り詰めた襞《ひだ》に指を触れさせると、夏樹はたまらなさそうな喘ぎ声を洩らして啜《すす》り泣いた。脚《あし》の間で揺れているものの先端《せんたん》はすっかり濡れそぼっていて、利明が指で弄ると透明《とうめい》な糸を引いてとろりとした先走りを滴《したた》らせる。

「あああ、あ、あ」

快感に咽《むせ》ぶ声を聞いていると利明まで満足する。

うっすらと汗《あせ》ばんだ白い背中に唇を這《は》わせ、髪《かみ》の毛に指を通して感触《かんしょく》を楽しみ、腰は緩《ゆる》やかなストロークでポイントを突き上げてやる。

夏樹の乱れ方は激しく、引《ひ》き締《し》まった肉の薄《うす》い尻《しり》を自分から回したり前後に揺らしたりするさまは、利明をますます挑発《ちょうはつ》した。

「はしたないやつだな」

「う、うっ」

あともう一歩で昇《のぼ》り詰められそうなところを、わざと達かせないように意地悪しながら詰《なじ》ってやると、夏樹はシーツを握《にぎ》りしめて身悶《みもだ》えする。昂りきった前は利明がしっかりと手のひらで摑んでいた。そこはもうビクビクと熱く脈打っていて、哀願《あいがん》するように小さな鈴口《すずぐち》をひくつかせている。

夏樹を満足させられるのは利明だけだと思い知らせてやりたかった。

「達かせてくださいと頼《たの》めよ、夏樹」

「ばかっ！」

利明は手にしたものを力強く握りしめて圧迫《あっぱく》する。

たちまち夏樹が悲鳴をあげた。

よほどひどい痛みだったらしく、ぼろぼろと涙《なみだ》がシーツに零《こぼ》れ落ちている。許して、と何度も叫《さけ》ばせてから利明は力を抜いてやり、裏筋や先端の括《くび》れのあたりを宥めるように撫《な》で回してやる。夏樹の横顔は涙と汗とでますます色っぽく感じられた。

「ひどい、ひどい……。あああ」

「好きなくせに」

今度は優《やさ》しい手つきで柔《やわ》らかく責めながら決めつけてやる。

うう、と呻《うめ》きながら、夏樹は快感をやり過ごすために唇に軽く歯を立てていた。少しずつ頬が赤みを増していく。腰の揺れ具合も小刻みになってきていて、立てた膝が今にも崩《くず》れそうなほど震えている。

「そろそろ前が達《い》きそうなんだろう?」

「利明、頼むから」

ぐいっと尻に突っ込んだものを深い位置まで突き上げる。

「あーっ、あっ、あ」

「俺といたときには後ろだけで達けていたはずだ」

「だめだ、あ!」

もっと夏樹を感じさせてやりたい。

利明は昔覚えていた夏樹の弱いところを、一つずつ確かめていくように責めていく。どこも変わらず夏樹の体を震えさせ、唇から嬌声をあげさせた。以前よりももっと感じやすい体になっている。

だんだん夏樹が理性を手放していくのがわかって、利明も加減している余裕《よゆう》がなくなっていった。

夏樹と一緒《いっしょ》に達きたい。

最後はそれだけしかなくなって、夏樹の腰《こし》を両手で掴み寄せて支えると、ベッドを軋《きし》ませながら激しく抽挿《ちゅうそう》する。

夏樹の泣き声が切羽《せっぱ》詰《つ》まってきた。

白い尻の間から抜き差しのたびに覗《のぞ》く利明のものは、凶器《きょうき》のように大きく張り詰《つ》めている。抜くたびに入り口の襞が絡《から》みついてきて、再び押し込むときそれを巻き込むようにしてねじ込んでやる。夏樹は貪欲に利明を貪り続けては啜り泣いていた。

「淫乱《いんらん》なやつめ」

「許して」

「もっと泣いてみせろよ。これが好きだと言って、もっと突いてくれと頼め」

夏樹は利明の命じるままはしたない言葉を途切れがちに口にする。

どうにかして達したがって泣くさまは、かわいかった。

「夏樹。夏樹」

利明は夏樹の体に挿入《そうにゅう》したままで、体位を正面から抱《だ》く形に変えた。

すらりと伸びている両脚《りょうあし》を抱《かか》え上げて腰を浮かせ、深く突き刺《さ》し直す。

「あああ」

夏樹が感じて頭を振《ふ》り乱した。

この姿勢の方が夏樹はより感じるのだ。

「もう、俺を離《はな》すな」

利明の言葉に夏樹は何度も頷《うなず》きながら泣いている。

唇を合わせて髪を撫でた。

「夏樹、俺が好きか？」

「好きだ」

幸福感に舞《ま》い上がりそうな気持ちだった。

自然と腰の動きを大きくしてしまう。

夏樹の顔が紅潮してきて、勃《た》ち上がったままの乳首《ちくび》に指を掠《かす》めるだけでも、たまらなさそうに利明の両腕《りょううで》に爪《つめ》を立ててくる。二人の腹の間に挟《はさ》まれた夏樹のものも刺激《しげき》を受けてとろとろと先走りを零している。

利明はもう夏樹を焦《じ》らさなかった。

最後までいくつもりで腰を動かす。

夏樹の喘《あえ》ぎ声が利明の脳に激しい陶酔感《とうすいかん》をくれた。

一緒に、と促《うなが》すと、夏樹も夢中で動きを合わせてくる。

「あああっ、すごい、いい」

髪を振り乱して悶《もだ》える夏樹を追いつめていきながら、利明自身も唸《うな》り声をあげていた。

夏樹を満たしてやりながら自分も満たされる。

この快感をもう二度と手放す気にはなれなかった。

イクッ、と叫んで、夏樹が全身を硬直《こうちょく》させた。

同時に利明も夏樹の奥深くで解き放つ。

熱い迸《ほとばし》りを掛《か》けられた夏樹は、前で達したのと前後して、後ろでも達ったようだった。

陸に揚《あ》げられたばかりの魚が跳《は》ねるようにビクビクと体を痙攣《けいれん》させ、あられもなく泣きじゃくる。

利明はいとしさで胸がいっぱいになり、夏樹の体を満身の力を込めて抱き竦《すく》めた。

「ああ、あ」

「夏樹」

よすぎて困る、体が吹《ふ》き飛びそうで怖《こわ》かった、と泣き続けている。

困ることなどあるものか、と利明は夏樹の顔中にキスをして宥《なだ》めた。

「おまえはこれからずっと俺といるんだ。だから、いくらでも淫《みだ》らになって俺を欲しがればいい。俺はちゃんと応《こた》えてやる」

今度こそその言葉を守り抜《ぬ》くと決心する利明だった。

激しい余韻《よいん》にまだ腰がガクガクする。貫《つらぬ》かれ続けていた奥もずっと熱を持っているようで、いつまで経《た》っても疼《うず》きが取れない。

夏樹は自分たちの痴態《ちたい》を思い出し、顔を隠《かく》してしまいたくなるほどの羞恥《しゅうち》を覚えた。

一人で立てずに利明に浴室まで抱き上げて連れていかれ、シャワーで後ろを綺麗《きれい》に洗い流されたことを思い出すと、顔から火が出る。利明の長い指は当然の権利であるかのようにして夏樹の赤く充血《じゅうけつ》して捲《まく》れ上がった襞を分け、筒《つつ》の中に侵入《しんにゅう》して中の汚《よご》れを掻《か》き出したのだ。内股《うちまた》を伝う生ぬるい精液に、また利明のものにされたのだ、と改めて自覚した。たったそれだけで、体が震《ふる》えるほどの歓喜《かんき》に包まれてしまった自分はなんなのか、と呆《あき》れてしまう。

利明が好きだった。

好きなどという言葉も生ぬるく感じられるほど好きなのだ。

強情《ごうじょう》を張って連絡《れんらく》しなかった挙げ句の中途半端《ちゅうとはんぱ》な別れには、どれだけ後悔《こうかい》させられたことかわからない。

もう二度と会う機会などないと諦《あきら》めていた。

それなのに、夏樹は利明とまた元の鞘《さや》に戻《もど》り、こうして夢ではないかとしか考えられない夜を過ごしている。

にわかには信じられなかった。

利明に何から何まで仕組まれている気がする。

「夏樹」

窓際《まどぎわ》でタバコを吸っていた利明が、ベッドでぐったりとしたままの夏樹の傍《そば》に戻ってくる。

手にはミネラルウォーターの小さなペットボトルを持っていた。

夏樹が手を伸《の》ばすと、利明は悪戯《いたずら》するように水を遠ざけ、かわりに自分が口に含《ふく》んでキスしてくる。

喉《のど》の渇《かわ》きと利明への貪欲《どんよく》な欲求とで、夏樹は唇《くちびる》を解いた。

口移しに何度も水を飲まされる。

利明のキスにはタバコの匂《にお》いの余韻があった。

ゾクゾクと夏樹の体の芯《しん》が快感に揺《ゆ》さぶられて震えてくる。

「なんだ」

利明が気づいて、夏樹の耳朶《みみたぶ》を噛《か》んで引っ張った。

「まだ欲しいのか？」

「……だって、それはきみが悪いんだろうが」

夏樹の言葉はすっかり期待に濡《ぬ》れている。

利明の熱を感じるだけで、縋《すが》りついてしまうほど今夜は変になっていた。

「おまえの細い腰が壊《こわ》れるぞ？」

「久しぶりだったのに、あんなふうに責めるからだ」

夏樹は何もかもを自分の淫乱なせいにする利明に腹が立った。恥《は》ずかしすぎる。利明は自分も夏樹以上にセックスに夢中になる男だという自覚がないのだろうか。

今夜ここに泊《と》まることは、すでに利明がフロントまで伝えていた。

再会の夜を過ごすにはあまりロマンチックな場所でもないが、そもそも二人の関係にそういう甘いものが混じったことのほうが数えるほどしかない。

いつだって利明は自信家で横暴で傲慢《ごうまん》で、夏樹はと言えば強情《ごうじょう》で意地っ張りで傷つきやすかった。罵《のの》り合いながら抱き合った回数の方が多いくらいかもしれない。

今後にしても、きっと今までと何も変わらないに違《ちが》いない。

それでも夏樹は構わなかった。

一度はなくしたはずの利明と、こうしてまたやり直すきっかけを作ってくれたすべてに感謝したい。

「そういえば知っているか」

利明が夏樹の纏《まと》っているバスローブの衿《えり》から手を入れながら唐突《とうとつ》に聞いてくる。

大きな手のひらで胸を撫《な》でられる感触《かんしょく》に敏感《びんかん》に肌《はだ》を粟立《あわだ》たせつつ、夏樹は訝《いぶか》しそうに利明を見上げた。

「なにを?」

「んー、今夜がなんの日かさ」

「今夜?」

夏樹は少し考えて、すぐに、ああ、と頷いた。

利明も唇の端《はし》を上げ、満足そうな笑《え》みを浮《う》かべている。

二人はどちらからともなく唇を合わせた。

どうやら再会の日にちだけはロマンチックなようだった。

あとがき

このたびは『無器用なのは愛のせい』をお手に取っていただきまして、どうもありがとうございます。

懐《なつ》かしい作品を文庫化していただき、嬉《うれ》しいのと同時に一抹《いちまつ》の気恥《きは》ずかしさを覚えております。現在私が執筆《しっぴつ》している作品とは、言葉の選び方ですとかテンポが微妙《びみょう》に異なっていて、自分の作品なのにある意味新鮮《しんせん》でもありました。今の私だったらここは変化を持たせるために違《ちが》う言葉に置き換《か》えるなぁとか、ここは漢字にしないでヒラクなぁ、などと思いつつ、できる限り当時の雰囲気《ふんいき》を残しておきたかったため基本的には弄《いじ》りませんでした。

実はこの作品は過去にドラマCDにもしていただいていて、校正している間中、主人公たちの科白《せりふ》が音になって頭の中を駆《か》け巡《めぐ》っていました。私はこの作品のCDが大変気に入っておりまして、何度も何度も繰《く》り返し聴《き》いていて、すっかり耳が覚えているのです。残念ながら現在は入手困難かと思いますが、もしお聴きになる機会がありましたら、ぜひ本と一緒《いっしょ》にお楽しみいただければ幸いです。

声もそうなのですが、ビジュアルイメージもまさしく私の思い描《えが》いていたとおりで、蓮川愛先生に描いていただいた利明が、夏樹が、そして水木や近見までもが、これ以外にはない感じです。文庫化の際にもイラストのご使用をお許しいただき、どうもありがとうございました。

表題作はずばりテーマ「エロティシズム」でした。それでプロットを立てたところ、当時の担当さんに大変喜ばれたのを覚えています。ただ、いったん書き上げてから後半に大幅《おおはば》な直しを求められ、結局まるっと書き直すはめになったりもしたのですが。

続編の「七月七日」は、スーツを着た二人が書きたくて執筆しました。学生時代の恋愛《れんあい》を大人になってからもずっと続けていくのは、なかなか難しいことなのではないだろうか、と考え、社会人になった二人を描きました。我ながら、いかにもこの二人が辿《たど》ってきたらしい恋愛になったのではないかと、今回読み返してみて思いました。

よろしければご意見やご感想等、お聞かせいただけますと嬉しいです。

末筆になりましたが、文庫化にあたりご尽力《じんりょく》くださいました制作スタッフの皆様《みなさま》に深くお礼申し上げます。

それではまたお目にかかれますように。

遠野春日拝

公式サイト　http://www.t-haruhi.com/

初出
「無器用なのは愛のせい」
（株式会社リーフ出版／2001年8月刊）

KADOKAWA RUBY BUNKO
無器用《ぶきよう》なのは愛《あい》のせい
遠野春日《とおのはるひ》

角川ルビー文庫 R113-3 15090

平成20年4月1日 初版発行

発行者——井上伸一郎
発行所——株式会社角川書店
東京都千代田区富士見2-13-3
電話/編集(03)3238-8697
〒102-8078
発売元——株式会社角川グループパブリッシング
東京都千代田区富士見2-13-3
電話/営業(03)3238-8521
〒102-8177
http://www.kadokawa.co.jp
印刷所——旭印刷 製本所——BBC
装幀者——鈴木洋介

ISBN978-4-04-452303-9 C0193 定価はカバーに明記してあります。

KADOKAWA RUBY BUNKO

角川ルビー文庫

いつも「ルビー文庫」を
ご愛読いただきありがとうございます。
今回の作品はいかがでしたか?
ぜひ、ご感想をお寄せください。

〈ファンレターのあて先〉

〒102-8078 東京都千代田区富士見2-13-3
角川書店 ルビー文庫編集部気付
「遠野春日先生」係

おれはきっと矩篤が思っているより
淫らで欲深かもしれない…。
秘めた恋情を貴方に
遠野春日
イラスト／陸裕千景子
遠野春日がルビー文庫に遂に登場！
寡黙な能楽師×美貌の外交官が贈る
アダルト・ラブ・ロマンス！
能楽師の矩篤を幼馴染みに持つ外務省勤務の恒。
しかし、ある仕事がきっかけで友人関係が一変し…？

さあ、君のカラダを賭けたゲームを始めようか？
英国紳士×高校生が贈るハラハラドキドキ☆極上ロマンス!!
旅行先のイギリスで騒ぎになっている怪盗ホーク・アイの正体を知ってしまった美晴。母の形見の指輪を狙われるハメになって!?
ルビー小説大賞、読者人気NO.1作品が ついにデビュー♥
英国紳士の華麗なる日常
著 羽鳥有紀
Yuki Hatori
絵 水名瀬雅良
Masara Minase

水上ルイ
イラスト／こうじま奈月
『キスだけで抵抗できなくなるのか？
――アテにならない警護だな…』
香港マフィア×愛人刑事が贈る
嵐のようなラブ・チャンス！
香港恋愛夜曲
ホンコン＊レンアイ＊ヤキョク
香港の国際刑事警察機構に勤める真吾は、マフィアの
首領候補・ブライアンの警護を任されることになるのだが…。